August Kretschmar

Der alte Helm

SALZWASSER VERLAG

August Kretschmar

Der alte Helm

Unveränderter Nachdruck der Originalausgabe von 1864.

1. Auflage 2022 | ISBN: 978-3-75259-693-9

Verlag: Salzwasser Verlag GmbH, Zeilweg 44, 60439 Frankfurt, Deutschland
Vertretungsberechtigt: E. Roepke, Zeilweg 44, 60439 Frankfurt, Deutschland
Druck: Books on Demand GmbH, In de Tarpen 42, 22848 Norderstedt, Deutschland

Der alte Helm.

Eine Erzählung

von

Elisabeth Wetherell

Deutsch

von

A. Kretzschmar.

Wurzen

1864.

Der alte Helm.

Erster Band.

Erstes Kapitel.

In den Ruinen.

Das Erste, was in die Augen fällt, sind weiße, blanke Zähne.

Es ist dies stets ein angenehmer Anblick, dennoch aber hängt der höhere oder mindere Grad desselben von der Art und Weise ab, wie die Lippen sich über dem Elfenbein theilen. In der Krümmung dieser weichen Linie liegt eine Welt von Charakter.

In vorliegendem Falle, wo es sich um eine Dame handelt, müssen wir die Sache noch etwas gründlicher erörtern.

Der Mund ist etwas groß, hat aber wohlgeformte Lippen, und bei dem Lächeln, welches sich nicht selten einstellt, theilen sich dieselben frei und ungezwungen, obschon nicht zu weit, über einem Schatz von weißen, schönen Zähnen, die eine starke und vollkommen physische Organisation zu verrathen scheinen.

In dem schönen, üppigen, starken Haar, denn der flache Hut der Dame liegt auf dem Boden, findet man die zweite Bestätigung dieser Voraussetzung.

Die Gestalt ist schön und entwickelt, die Hautfarbe durchsichtig und gesund, und das volle braune Haar und die Augen stimmen mit dem Begriff einer etwas lebhafteren Natur ein, als wir bei Blondinen voraussetzen.

Die Züge sind nicht die der Schönheit, obschon vielleicht besser als diese, denn es liegt eine Welt von Leben, Verstand und Geist darin.

Es ist ein Beweis von der Gutmüthigkeit der betreffenden Person, daß ihr Lächeln jetzt eben so offen und angenehm ist, wie je, obschon sie sich in Begleitung einer Persönlichkeit befindet, welche ihr nicht die angenehmste zu sein scheint.

Die Gelegenheit ist ein Besuch in gewissen berühmten Ruinen an einem Erholungstage, und Eleanor ginge und spräche weit lieber mit einem anderen, viel interessanteren Mitglied der Gesellschaft, mit welchem sie dies anfangs auch wirklich gethan.

Mr. Carlisle hatte sich aber plötzlich genöthigt gesehen, auf einige Stunden nach Hause zurückzukehren, und Eleanor sitzt jetzt auf dem Rasen an der Seite eines Herrn, den sie sehr wenig kennt, und der sie nicht im Mindesten interessirt, das heißt, sie begreift nicht, wie er sehr interessant sein könne, und er ist auch in der That eine Persönlichkeit von sehr ernstem, schwerfälligem Aussehen.

Doch unsere Aufgabe ist jetzt nicht, ihn näher zu schildern.

Wir widmen zunächst vielmehr einige Worte dem Platze, auf welchem sich die beiden Personen befinden.

Derselbe ist ein kleines Paradies.

Wenn die Aussicht auch nicht sehr umfassend ist, so ist sie doch reich an Einzelnheiten, so daß Auge und Geist vollauf beschäftigt werden.

Das Gras ist an der Stelle, wo die Beiden sitzen, kurz abgemäht, und ist dies auch unter den Bäumen, welche in regellosen Gruppen umherstehen.

Diese Bäume sind sehr alt, gehören verschiedenen Gattungen an und befinden sich jeder im vollkommensten Zustande der Entwickelung.

Zwischen ihnen hindurch sieht man die Ruinen einer alten Priorei. Ein verfallener Thurm steht ganz frei da, an der Seite und oben von Epheu überrankt und mit Moos und Flechten überdeckt, welche Abwechselung in seine frühere schlichte, graue Farbe bringen.

Andere Theile der Ruine zeigen sich weiterhin. Ein Wenig abgesondert, jedoch auch noch innerhalb der

Baumgruppen, steht ein hübsches, malerisches, kleines Haus, keine Ruine, obschon es aus Bestandtheilen der Ruine erbaut ward.

Es ist das Pfarrhaus, wo der Rector oder Oberprediger des Kirchspiels wohnt.

Jenseit dieses Wäldchens und dieser alten und neuen Gebäude erblickt das Auge nur Hügel und Wälder, die auch noch weiterhin eine schöne Landschaft versprechen; näher als diese aber und gleichsam die Grenze zwischen dem Gegenwärtigen und dem Fernen ziehend, sieht man das Funkeln des kleinen Flusses, der sich durch die Umgebung der Priorei hindurchschlängelt.

Ein etwas zweifelhafter Sonnenschein ruht auf diesem Allem und beleuchtet mit seinen oft durch Wolkenschatten unterbrochenen Strahlen das Gras und den Ephen des alten Thurmes.

„Es muß ein merkwürdig altes Gebäude gewesen sein," sagte Eleanor.

„Wie alt ist es wohl?"

„O, Das weiß ich freilich nicht. — Jahrhunderte! Meinen Sie wirklich genau wie alt? Das kann ich Ihnen nicht sagen. Dergleichen Dinge kann ich nie im Kopfe behalten. Wenn Doctor Cairnes herauskäme, so könnte er Ihnen Dies und noch Mehr ganz genau sagen."

„Meinen Sie Doctor Cairnes, den Rector?"

„Ja. Der behält Alles im Kopfe. Die Ruinen vertreten bei ihm die Stelle der Familie.“

„Nach diesen normännischen Bogen zu urtheilen, müssen sie aus einer ziemlich frühen Zeit datiren.“

„Diese normännischen Bogen? Wohl diese runden? — O, ganz gewiß, die Priorei ward von einem alten Höfling oder Krieger zur Zeit Heinrich's des Ersten gegründet, welcher der Welt überdrüssig war. Es ist dies die Entstehungsursache aller solcher Häuser, nicht wahr?“

„Wollen Sie damit sagen, daß es die Entstehungsursache des religiösen Gefühles überhaupt sei?“

„Ich glaube es wenigstens, obschon ich dem guten Doctor Cairnes Dies nicht sagen möchte. Wie angenehm diese Veilchen sind! diese lieben blauen Dingerchen!“

„Meinen Sie,“ sagte der junge Mann, indem er sich bückte, um einige zu pflücken, „daß diese Blumen für mich weniger angenehm sind, als für Sie?“

„Warum sollten sie Dies?“

„Weil für mich die Religion das Kostbarste ist, was die Welt besitzt. Nach Ihrer Theorie aber muß ich denzufolge der Welt überdrüssig sein, und alle angenehmen Dinge müssen ihren Reiz für mich verloren haben.“

Der junge Mann sprach mit ruhigem Ernst, und Eleanor's Auge heftete sich mit einem hellen, forschenden Blick auf sein Gesicht, ohne daß sie jedoch dadurch anderer Meinung zu werden schien.

„Mich bekehren Sie nicht," sagte sie. „Ich weiß nicht, was Sie für die Religion geopfert haben, deßhalb kann ich nicht urtheilen. Alle anderen Leute, die ich gesehen, wurden blos religiös, weil sie alles Interesse an anderen Dingen verloren hatten."

„Ich möchte wissen, wie jener unzufriedene alte Krieger sich befand, als er in diese Einöde kam," sagte der junge Mann mit einem eigenthümlichen Lächeln.

Es war sanft und ein Wenig schalkhaft, harmonirte dabei aber vollständig mit dem gewohnten Ernst des Gesichts, ohne denselben im Mindesten Lügen zu strafen.

Eleanor sah ihn mit einigem Befremden an, das Lächeln verschwand aber eben so schnell, als es gekommen war.

„Die Einöde war damals nicht diese Einöde," hob er wieder an.

„O nein, sie war sehr verwildert."

„Es waren Augustiner, nicht wahr?"

„Wer denn?"

„Die Mönche dieser Priorei."

„Das weiß ich wirklich nicht. Ich habe es vergessen. Was ist da für ein Unterschied?"

„Nun, Sie wissen doch, daß es sehr viele verschiedene religiöse Orden gab. Die Augustiner waren in ihren Ordensgesetzen weniger streng, und in ihrer gestatteten Lebensweise zugänglicher, als die meisten anderen."

„Und wie lauteten ihre Ordensgesetze?"

„Sie begannen damit, daß sie mit der Welt unzufrieden waren, wissen Sie, und huldigten dem Prinzip, daß alles Weltliche nicht gut sei."

„Nun, ist das nicht jetzt noch das Prinzip aller Freunde der Religion?"

„Es ist wie mit den Veilchen," sagte der junge Mann wieder lächelnd.

„Aber sagen Sie mir, was machten diese alten Mönche denn? Worin bestanden ihre Ordensregeln?" Ich bin mit diesen Dingen ganz unbekannt."

„Ein anderer unzufriedener Krieger, welcher eine Abtei in Wales gründete, entließ, wie die Geschichte erzählt, alle seine früheren Genossen und widmete sich Gott. Statt des Schwertgürtels band er einen Strick um die Hüfte, statt feiner Leinwand trug er eine härene Kutte. Man erzählt ferner von ihm, daß er dann und wann den schweren Panzer, den er im Kampfe zu tragen gepflegt, um sich gegen die Pfeile, Speere und

Streitäxte des Feindes zu schützen, auch jetzt noch dann und wann zum Schutze gegen die Ränke und Angriffe des Teufels anlegte und trug, bis er vor Alter verrostete."

„Der arme alte Mann!" sagte Eleanor.

„Stimmt Das mit Ihren Begriffen von einem religiösen Leben überein?"

Eleanor lachte, antwortete aber durch eine andere Frage, indem sie sagte:

„War Dies die Ordensregel aller Augustinermönche?"

„Ist Das Ihre Ansicht von einem religiösen Leben? Sie antworten mir nicht. Es giebt den Schlüssel dazu."

„Nun," sagte Eleanor wieder lachend, es giebt den Schlüssel dazu, wie Sie sagen. Sie tragen doch ganz gewiß nicht einen Panzer, um sich zu schützen."

„Ich bitte um Verzeihung, allerdings thue ich Das."

„Einen Panzer?" rief Eleanor mit ungläubiger Miene.

Ihr Freund konnte sich nicht enthalten, laut zu lachen.

„Haben Sie nun hinlänglich ausgeruht?" fragte er dann.

Ein Wenig entrüstet und von einiger Neugier bewegt, erhob sich Eleanor. Als sie jedoch mit einander nach den Ruinen weiter schlenderten, gab es zu viel Stoff zur Unterhaltung, als daß das Schweigen oder der Unmuth hätte lange dauern können.

„Ist Das nicht schön?" riefen Beide gleichzeitig. „Wie herrlich macht sich dieser Epheu, der sich an dem alten Thurm hinaufrankt!"

„Wie schade, daß der Thurm immer mehr verfällt!" sagte Eleanor. „Sehen Sie nur diese Ecke hier, sie wird bald ganz herabbrechen. Ich wollte, sie bliebe so, wie sie ist."

„Ihr Wunsch wird leider nicht in Erfüllung gehen. Was ist denn dort für ein Haufen von Schutt zusammengetragen?"

„Mr. Carlisle will dort ein kleines Haus für Einen von seinen Leuten bauen, welchem dann, glaube ich, die Obhut über die Ruinen anvertraut werden soll."

„Und dazu verwendet er die Ruinen als Baumaterial und den Grund und Boden der alten Priorei als Bauplatz?"

Eleanor sah wieder ihren Begleiter an.

„Ich glaube, es ist Dies wenigstens besser, als wenn die zerbrochenen Steine überall umherliegen; meinen Sie nicht auch?"

„Nein.“

„Mr. Carlisle ist dieser Meinung. Hier stehen wir mitten in dieser Kirche. Dort sehen Sie an der schrägen Linie der Thurmwand, wo das Dach gestanden hat. Wir stehen hier in dem Raume, wo die Gemeinde sich zu versammeln pflegte.“

„Diese kann nicht sehr zahlreich gewesen sein,“ sagte der junge Mann. „Die Umgegend lieferte nur wenig Besucher, glaube ich. Die alten Mönche und ihre Dienstleute bildeten so ziemlich die ganze Gemeinde. Der Chor faßte die Mehrzahl von ihnen, und das Schiff, wo wir stehen, diente wahrscheinlich nur bei Prozessionen.“

„Prozessionen?“ wiederholte Eleanor.

„Ja, an besonderen Tagen fanden Prozessionen der Brüderschaft mit brennenden Kerzen statt, wobei sie sich mehrmals durch die ganze Kirche bewegten. In der Kirche zu York machten zwölf Runden eine Meile, und an dem großen Thor befanden sich zwölf Löcher mit einem kleinen hölzernen Pflock, so daß also Jeder, der sich für die Sache interessirte, die Meilen nachzählen konnte.“

„Und so wandelten sie also hier hin und her und verbrannten sich die Finger an dem geschmolzenen Talg? Die armen Geschöpfe!“ sagte Eleanor, „welch' ein trauriges Dasein! Stehen Sie auch im Begriff, der Welt zu entsagen, Mr. Rhys?"

Er lächelte, aber es war ein gemischtes Lächeln, heiter und ernst zugleich, was Eleanor nicht verstand.

„Warum haben Sie mich in diesem Verdacht?" fragte er.

„Nun, Sie scheinen die Sache zu studiren. Werden Sie ein weißer oder ein schwarzer Mönch — oder vielleicht ein grauer Bruder?"

„Soeben ergiebt sich eine noch dringendere Frage. Es wird gleich anfangen zu regnen, Miß Powle."

„Zu regnen! Es fängt an zu regnen! Und die Regenschirme sind Niemand weiß wo, obschon uns dies hier auch Nichts helfen würde. Ich freute mich soeben, daß das alte Dach nicht mehr da ist, jetzt aber wäre es mir lieb, wenn wenigstens ein Stück davon wiederhergestellt wäre."

„Sie können sich ja in das Pfarrhaus flüchten."

„Nein, Das kann ich nicht, denn in diesem giebt es Nervenfieberkranke."

„Nun, dann kommen Sie mit mir. Ich glaube, ich kann für Sie ein Stück Dach ausfindig machen."

Eleanor lächelte bei sich selbst, daß er Dies glaubte, da ja aus der alten Priorei mit ihren Nebengebäuden schon längst alle Spuren von Balken und Sparren verschwunden waren. Sie folgte jedoch ihrem Führer, welcher unter den Ruinen mit einem Schritt sich einherbewegte, dem sie kaum zu folgen vermochte.

Es dauerte nicht lange, so tauchte er hinab in eine Wildniß von Büschen, Dorngestrüpp und Steinen, welche von den verfallenden Mauern herabgestürzt waren.

Das Gehen war hier sehr schwierig. Eleanor war niemals hier gewesen, denn in dieser Region war der Verfall der Gebäude ein vollständigerer, als in anderen, und die überwuchernden Gesträuche und Gebüsche maskirten das Chaos.

So wie sie weiter gingen, ward der Fußboden sehr holperig, und sie mußten über Haufen und Schichten der zerbröckelnden, moosbewachsenen Ruinen hinwegsteigen.

Eleanor's Führer drehte sich herum und reichte ihr helfend die Hand. Es war eine starke Hand, welche die Wanderung wesentlich beschleunigte.

Es dauerte nicht lange, so bogen sie um eine spitze Ecke durch ein Dickicht von Stechpalmen, Lärchenbäumen und Buchen und erreichten einen kleinen freien Platz, der auf der andern Seite durch eine dicke Mauer begrenzt ward, von welcher noch die eine Ecke stand.

Auf diesen freien Platz fielen die Regentropfen

schnell herab. Die Hand, welche die Eleanor's hielt, zog sie schnell darüber hinweg nach der Stelle, wo noch eine Fensterbrüstung sich in der Mauer befand. Der Bogen über dem Fenster war noch ganz, und da die Mauer eine der äußeren und sehr dick war, so ward dadurch buchstäblich der Schutz eines „Stück Daches" gewährt.

Eleanor's Begleiter ließ sie auf der breiten Fenstersohle Platz nehmen, wo sie vor dem Regen vollständig geschützt war, und nahm, indem er sich mit dem Drange der Nothwendigkeit entschuldigte, neben ihr Platz.

Das Fenster war wohl tief, aber leider nicht breit, und die beiden Leutchen, welche einander kaum kannten, kamen dadurch in sehr nahe Nachbarschaft mit einander.

Eleanor würde sich daran im Stillen ergötzt haben, wenn dieses Gefühl nicht sofort durch einige andere Gedanken verscheucht worden wäre.

Der erste derselben war die außerordentliche Schönheit ihrer Stellung als Stand- und Gesichtspunkt.

Die Ruinen lagen jetzt vollständig hinter ihnen. Als Eleanor und ihr Begleiter zu dem Fenster hinausschauten, war Nichts zu sehen, als die ausgesuchteste Ordnung und zarteste Vollkommenheit der Natur. Der kurz und glatt gemähte Boden zog sich schräg hinab bis an einen jugendlichen Waldsaum, zwischen welchem ein hübsches Wohnhaus hervorlugte, und über dem eine Rauchwolke sich emporkräuselte.

Das Haus stand so tief und die Bäume so weit auseinander, daß man darüber hinweg und dazwischen hindurch die zurücktretenden Abhänge und Hügel des Flußthales in ihren verschiedenen Schattirungen, Gras und Baumschlag sah.

Sonnenschein ruhte jetzt nicht auf all' Diesem, sondern blos das schöne Licht, welches von dem fernen Horizont unter der Regenwolke hindurchfiel.

Das dunkle, alte steinerne Fenster war der Rahmen dieses Gemäldes. Es war ein herrliches und vollkommenes, und Eleanor gab durch einen lauten Ruf ihr Entzücken zu erkennen.

„Aber hier bin ich ja noch nie gewesen! Das habe ich noch nie gesehen! Wie haben Sie den Weg hierher gefunden, Mr. Rhys?“

„Ich habe die Ruinen studirt,“ sagte er leicht hingeworfen.

„Aber Sie sind ja erst seit einigen Wochen in Wiglands.“

„Ich gehe sehr oft hierher,“ antwortete er. „Es ist dies ein Glück für Sie.“

Er hatte vollen Grund, Dies hinzuzusetzen, denn die Wolken ließen jetzt den Regen in gewaltigen Massen herabströmen. Das Licht, welches noch vor wenigen Minuten vom Horizont herübergeschimmert, war jetzt verborgen, und die graue Düsterheit eines Sommersturmes beherrschte Alles.

Das kleine Fenster, in welchem die Beiden saßen, schien in völliges Dunkel gehüllt zu sein. Plötzlich zuckte ein blendender Blitzstrahl vorüber.

Eleanor zuckte zusammen, und der Donner rollte laut über ihnen und unter ihnen, denn die Erde erbebte.

Sie richtete wieder den Kopf empor, aber blos, um zum zweiten Male zusammenzuschrecken, als der Blitz und der Donner sich wiederholten. Dies Mal hob sie den Kopf aber nicht wieder, sondern hielt sich die Hand vor die Augen. So oft der Donner kam, antwortete Eleanor's Körper durch plötzliches Zusammenzucken. Sie sagte Nichts; es war blos die unfreiwillige Antwort der Nerven.

Das Gewitter war ein sehr heftiges, und auch als es sich ein Wenig verzogen hatte, fiel der Regen doch immer noch in Strömen.

„Sie finden an Gewitterstürmen wohl keinen Gefallen?" bemerkte Mr. Rhys, als die Blitze nicht mehr so häufig auf einander folgten.

„Findet denn irgend Jemand Gefallen daran?"

„Ja wohl, ich finde an Allem Gefallen."

„Dann sind Sie glücklich," sagte Eleanor.

„Warum sind Sie es nicht?"

„Ich kann nicht dafür," sagte sie, indem sie den Kopf emporrichtete, obschon sie immer noch nicht aus dem Fenster hinauszuschauen wagte. „Ich kann den Blitz nicht sehen. Es ist thöricht, aber ich kann nicht anders."

„Wissen Sie gewiß, daß es thöricht ist? Liegt nicht vielleicht eine Ursache zu Grunde?"

„Allerdings glaube ich Das, aber dennoch ist es thöricht. Ein Mal, als ich noch Kind war, ward dicht neben unserer Thür ein Mann vom Blitz erschlagen. Ich sah ihn, und bis diesen Augenblick habe ich es noch nicht vergessen können."

Ein Schauer schien Eleanor's Körper zu durchrieseln, während sie Dies sagte.

„Sie brauchen meinen Panzer," sagte ihr Begleiter, und der Ton seiner Stimme war nicht blos ernst, sondern auch theilnehmend.

Eleanor blickte zu ihm auf.

„Ihren Panzer?"

„Sie beschuldigten mich, daß ich einen Panzer trüge, und ich gestand es zu," sagte er mit einem Anflug von Lächeln. „Es ist ein Panzer, welcher die Menschen unter allen Umständen schützt."

Er sah so ruhig, so ernst, so kaltblütig aus, und

aus seinen Augen strahlte ein solches Licht, daß Eleanor diese Worte nicht gleichgültig hinnehmen konnte. Er sah wirklich aus, wie ein Geharnischter, obschon kein wirklicher metallener Panzer an ihm zu sehen war.

„Was meinen Sie eigentlich damit?“ sagte sie.

„Haben Sie jemals von dem Helm des Heils gehört?“

„Ich weiß es nicht,“ sagte Eleanor nachdenklich. „Die Worte glaube ich allerdings gehört zu haben, aber ich habe nie ein sonderliches Gewicht darauf gelegt.“

„Haben Sie jemals gefühlt,“ sagte er, mit ganz besonderem Nachdruck sprechend, „daß Sie einer Gefahr, ja vielleicht dem Tode preisgegeben waren, ohne sich durch eigene Anstrengung retten zu können, und daß Sie nach dem Tode einem großen, weißen Throne gegenüberzutreten haben, für welchen Sie nicht vorbereitet sind?“

Während er Dies langsam sprach, waren seine Augen auf Eleanor mit einem klaren, durchbohrenden Blick geheftet, der, wie sie fühlte, in ihrem Innersten las. Anstatt aber gereizt zu werden, fühlte sie sich angezogen und ließ sich dieses Lesen in ihrem Inneren gefallen, ohne daß sie ihre Augen abzuwenden gewünscht hätte. Zwei Gedankenreihen gleichzeitig verfolgend, dachte sie bei sich selbst:

„Ich hätte nicht geglaubt, daß er so hübsch aussähe."

Die in Worten ausgesprochene Antwort war ein nüchternes:

„Das habe ich allerdings gefühlt."

„Und war dieses Gefühl ein frohes und glückliches?" fragte er weiter.

Eleanor's Lippen zitterten plötzlich, dann antwortete sie ausweichend und zu dem Fenster hinausschauend:

„Dergleichen Gefühle hat wahrscheinlich zuweilen ein Jeder."

„Nicht, wenn er diesen Helm trägt," sagte ihr Begleiter.

Bei aller Ruhe, die in seinen leidenschaftslosen Worten herrschte, hatten dieselben doch einen eigenthümlichen, durchdringenden Klang, der aus einer unergründlichen Geistestiefe zu kommen schien, und Eleanor's Herz erbebte davor. Sie verbarg, wie sie glaubte, dieses Gefühl mit Erfolg; dieser einzige Lichtstrahl aber hatte ihr die Finsterniß ihres Inneren sichtbar gemacht.

„Sie fühlen, daß Ihnen Etwas fehlt, Miß Powle, nicht wahr?" fuhr Mr. Rhys fort.

Eleanor wunderte sich über sich selbst, aber sie war in einem Zauber befangen. Der Grund davon war nicht blos der, daß die Worte, die Mr. Rhys gesprochen, in Wahrheit beruhten, sondern auch, daß er dies wußte.

„Wissen Sie, was Ihnen fehlt?" fuhr er in jenem sanften und doch so eindringlichen Tone fort. „Sie wissen, daß Sie eine Sünderin vor dem Herrn sind, und Sie bedürfen das Bewußtsein der Verzeihung in Ihrem Herzen. Sie fühlen sich geneigt, wieder eine Sünderin zu sein, und Sie bedürfen der erneuten Gnade Gottes, um Ihr Herz zu säubern und von der Macht der Sünde zu befreien. Dann bedürfen Sie noch Etwas, was Sie glücklich macht, und dies kann nur die Liebe zum Heiland thun."

„Was nützt es aber, Dinge herzuzählen, die man nicht hat?" fragte Eleanor in etwas gedämpftem Tone.

„Wenn Sie dieselben brauchen und wollen, so stehen sie Ihnen zu Gebote," antwortete ihr Gefährte in glockenhellem Tone.

Eleanor kämpfte mit sich selbst, denn ihre Selbstbeherrschung war gefährdet, und sie war ärgerlich auf sich selbst, daß sie eine solche Thörin war. Sie konnte aber nicht anders, obschon sie ihre Aufregung nicht noch weiter auf die Oberfläche heraufkommen lassen wollte. Sie wartete, bis ihre Stimme wieder frei war, dann aber konnte sie sich nicht enthalten, die Frage zu thun:

„Wie so, Mr. Rhys?"

„Jesus sagt: „„So Jemand dürstet, Der komme zu mir und trinke."" Alle Fülle ist in ihm. Bei ihm finden Sie Licht, bei ihm finden Sie Stärke, bei ihm finden Sie Vergebung, Heilung und Heiligung. Wer da will, mag ungehindert aus diesem Brunnen des Lebens schöpfen."

„Aber wie soll ich zu ihm gelangen?" fragte Eleanor mit unsicherem Tone.

„Bitten Sie ihn."

Eleanor schwieg eine Weile, denn sie wußte nicht, wie sie Das verstehen sollte.

„Noch nie hat Jemand so mit mir gesprochen, Mr. Rhys," sagte sie, in der Meinung, dieses Thema nun ruhen zu lassen.

„Und vielleicht wird Dies auch nie wieder der Fall sein," sagte er; „darum hören Sie es jetzt. Der Heiland ist nicht — wie Sie glauben — fern von uns, sondern sehr nahe. Er hört das leiseste Geflüster eines Gebets, welches Sie zu ihm sprechen. Seine Botschaft ist's, die ich Ihnen heute bringe, — eine Botschaft an Sie; ich bin sein Diener, und er hat mir heute diesen Auftrag ertheilt. Ich soll Ihnen sagen, daß er Sie liebt, daß er sein Leben für das Ihrige dahingegeben, und daß er Eleanor Powle auffordert, ihm ihr Herz und dann ihr Leben mit dem Gehorsam zu geben, den sein Dienst verlangt."

Eleanor fühlte sich in ihrem Herzen seltsam gebeugt und eingeschüchtert.

„Ich will es thun," lautete die geheime Sprache ihrer Gedanken; „aber ich darf, dafern ich es vermeiden kann, diesen Mann nicht Alles sehen lassen, was ich fühle."

Sie verhielt sich ruhig und schaute zu dem Fenster hinaus auf den Raum, wo der Regen noch in Strömen fiel, obschon der Donner und der Blitz nicht mehr in der Nähe waren.

Er that Dasselbe. Er setzte seinen letzten Worten Nichts mehr hinzu, und es herrschte in dem alten verfallenen Fenster ein Schweigen, als ob seine zufälligen Bewohner sich wieder entfernt hätten.

Je länger das Schweigen dauerte, desto drückender ward es für Eleanor. Sie wußte nicht, wie sie es brechen sollte. Endlich ward sie dieser Aufgabe überhoben.

„Was wollen Sie thun, Miß Powle?" fragte ihr Gefährte.

„Ich will es mir überlegen," antwortete sie zögernd.

„Wie lange werden Sie Zeit brauchen, ehe Sie sich entscheiden?“

„Wie kann ich Das wissen?“ sagte sie.

„Sie treten vor einem schon gefaßten Entschluß zurück. Die Antwort ist in Ihren geheimen Gedanken schon gegeben, aber es erhebt sich in der Mitte derselben Etwas, was dazwischen treten will. Soll ich meinem Meister sagen, daß Sie seine Botschaft zurückweisen?“

„Mr. Rhys!“ rief Eleanor aufblickend, „in meinem ganzen Leben habe ich noch Niemanden so reden hören. Sie sprechen, als ob —“

„Als ob — was wollen Sie sagen?“

„Sie sprechen, als ob — als ob — Noch nie habe ich Jemanden so sprechen hören.“

„Sie meinen, ich spreche, als ob ich gewohnt wäre, meinem Meister zu sagen, wie seine Botschaft aufgenommen wird? Das thu' ich sehr oft.“

„Aber es scheint mir überflüssig, Etwas zu sagen, was schon bekannt ist,“ bemerkte Eleanor und wunderte sich im Stillen über die Worte ihres Gefährten weit mehr, als sie sich zu sagen getraute.

„Meinen Sie nicht, daß der Regen nun vorüber ist?“

„Beinahe. Das Gras ist aber noch sehr naß.“

„O, daraus mache ich mir Nichts. Es ist Jemand dort in den Anlagen. Wahrscheinlich sucht man mich."

„Hier wird man Sie nicht finden," entgegnete Mr. Rhys. „Dieses Fenster gehört mir ganz allein. Wir wollen aber ihn finden."

Die Regentropfen fielen jetzt blos noch vereinzelt. Die Sonne brach hervor, und die grüne Welt funkelte von nassen Blättern.

So naß dieselben aber auch waren, so schlugen Eleanor und Mr. Rhys sich doch durch das dichte Gebüsch und Gestrüpp hindurch. Natürlich wurden sie dabei reichlich besprengt, aber sie schüttelten so viel ab, als sie konnten, und suchten mit raschen Schritten sich wieder mit ihren übrigen Genossen zu vereinigen.

Die Person, welche Eleanor in den Anlagen gesehen, war die Erste, die man fand, wie Mr. Rhys gesagt hatte. Es war Mr. Carlisle, und er nahm Eleanor sofort in seine Obhut.

„Wo sind Sie denn gewesen?" fragte er.

„Und wo sind denn Sie gewesen, Mr. Carlisle?" fragte Eleanor mit heiterem Lächeln.

„Ich wäre beinahe der Verzweiflung anheim gefallen," entgegnete er, „denn ich fürchtete, meine Geschäfte würden mich den ganzen Tag in Anspruch nehmen; aber ich riß mich los, obschon nicht zeitig genug, um Sie vor diesem Regen zu schützen."

„Wasser macht ein Mal naß," entgegnete Eleanor lachend, denn die Höflichkeit dieser Worte trat mehr zu Tage, als die Plausibilität derselben. Eleanor stand schon im Begriff, von dem Schutz zu sprechen, der ihr wirklich verschafft worden, aber sie besann sich noch.

Mittlerweile gesellte sich ein munter und ziemlich muthwillig aussehendes kleines Mädchen zu ihnen, welches Eleanor als Schwester anredete.

„Komm', komm'!" rief die Kleine; „wo hast Du denn gesteckt? Wir konnten ja nicht ohne Dich weiter gehen. Wir wollen in Barton's Thurm einen Imbiß einnehmen, und Mama sagt, Mr. Carlisle solle ein Feuer anzünden, damit wir uns Alle trocknen können."

„Julie, was Du doch schwatzest!"

„Ja ja, Mama hat es gesagt," wiederholte die Kleine. „Komm' nur! Mach' schnell!"

Eleanor sah ihren Begleiter an, welcher diesen Blick durch ein Lächeln beantwortete.

„Ich hoffe, Mistreß Powle wird mich stets befehligen," sagte er mit gewisser Beziehung, und Eleanor eilte davon.

Es waren ihr lange tête-á-têtes an diesem Tage beschieden, denn sobald als ihre kleine Gesellschaft sich in der Ferne sehen ließ, setzte die größere sich wieder in Marsch.

Julie und Mr. Rhys bildeten den Nachtrab, und

der lange Weg nach Barton's Thurm ward von Eleanor mit Mr. Carlisle zurückgelegt, der durchaus keine Eile zu haben schien, ihn abzukürzen.

Eleanor schaute sich einige Mal um und sah ihre kleine Schwester Hand in Hand mit ihrem Fensternachbar einhermarschiren und sich sehr eifrig und munter unterhalten, wenigstens war Letzteres aus den lebhaften Bewegungen der Kleinen zu schließen.

„Ich kenne ihn selbst nicht genau," antwortete Mr. Carlisle auf eine Frage seiner Begleiterin. „Warum wünschen Sie nähere Auskunft über ihn?'

„Er ist ein sehr eigenthümlicher Mensch."

„Aber doch kaum von der Art, daß er Ihr Studium verlohnte.

Damit ließ man die Frage ruhen. Eleanor hätte gern noch eine anderweite Frage gethan, die Geringschätzung aber, welche aus Mr. Carlisle's Auge und Stimme sprach, schreckte sie ab. Sie bemerkte blos, wie gut der Gegenstand ihrer Gedanken und ihre Schwester mit einander auskamen.

Indessen auch Eleanor's eigener Spaziergang war angenehm genug, um sie Mr. Rhys vergessen zu machen. Mr. Carlisle war höflich, fein, geistreich und gebildet und besaß außerdem den großen Vorzug, eine bekannte, in Gewißheit gesetzte Persönlichkeit zu sein, denn er war Nichts weniger, als der Erbe der gan=

ganzen Umgebung, deren Schönheiten man bewunderte.

Und ein schönes Erbe war es. Der von der Gesellschaft eingeschlagene Weg führte ein Thal entlang, das den Windungen eines kleinen Stromes folgte. Die Abhänge waren höchst romantisch und malerisch, an einigen Stellen bewaldet, an anderen mit hohem Gras bedeckt, an noch anderen felsig und zerklüftet. Herrliche Blumen waren an den Ufern des Flusses in Menge zu sehen, und die Vögel sangen lustig in ihren Einöden.

Alles Dies war mit dem Erben des Grundes und Bodens sehr angenehm zu durchwandern, und Eleonor dachte weder sehr an nasse Schuhe, noch an nasse Schu tern, bis sie endlich Barton's Thurm erreichten.

Es war dies eine Ruine von ganz anderem Charakter, eine jener alten festen Burgen der rauhen Zeit, wo die Menschen von der Kraft ihrer Faust lebten. Hier hatte es nie zarte Bogen und anmuthige Formen gegeben; Alles war düster, dräuend und massiv.

Innerhalb des Raumes zwischen den dicken Mauern, die an manchen Stellen eine Art gruftähnliches Obdach gewährten, war jetzt die ganze pilgernde Gesellschaft beisammen.

„Soll ich ein Feuer anzünden?" hatte Mr. Carlisle seine Begleiterin im Augenblick vor dem Eintreten gefragt.

Eleanor konnte es nicht über sich gewinnen, zu leugnen, daß es sehr gut sein würde, aber dennoch wollte sie auch nicht gerade erklären, daß es auf ihren Befehl angezündet werden solle. Indessen, sie erklärte sich dafür.

Man holte Holz herbei, und es dauerte nicht lange, so schlug eine lodernde Flamme innerhalb der alten Mauern empor, obschon nicht da, wo der alte Kamin zu sein gepflegt, denn von einem solchen war jetzt keine Spur mehr vorhanden.

Die Sonne hatte nicht hell und warm genug geschienen, um das Unheil, welches der Regen angerichtet, wieder gut zu machen, und die Damen sammelten sich um das Feuer und erklärten, es sei sehr angenehm und behaglich.

Eleanor setzte sich auf einen Stein neben das Feuer, sowohl um eine Zeit lang weniger im Vordergrunde zu sein, als auch um ihre nassen Schuhe zu trocknen.

Von hier aus hatte sie einen Ueberblick über die Scene, welche einen Maler erfreut haben würde.

Das prasselnde Feuer warf seinen warmen Schein an die schwarzen Mauern und die verschiedenen innerhalb derselben versammelten Gruppen, und berührte Moos, Farrnkraut und Rasen mit seinem zigeunerartigen, grellen Licht.

Die Gruppen waren nicht alle von einem und demselben Charakter. Um das Feuer zunächst herum sah man einen bunten Wirrwarr von Musselin, Schleiern und Shawls, in der einen Ecke eine Anzahl Diener mit Hand- und Tragkörben, und in der andern Ecke beobachtete Eleanor ihre Schwester Julie und Mr. Rhys, welcher Letztere eben ein abenteuerliches Kletterkunststück, wahrscheinlich nach einer Blume, ausführte, während Julie unten stand und ihm begierig mit den Augen folgte.

Mr. Carlisle war bald hier, bald dort.

Es war ein eigenthümlich hübsches Schauspiel und hatte für Eleanor's Auge die scharfen Umrisse, welche ein geheimes Interesse verleiht. Dieses Interesse hob ganz besonders die Gestalten der beiden Herren, deren Namen wir genannt haben, hervor; die anderen Gestalten, die schwarzen Mauern und der Epheu, die Diener und das in Zubereitung begriffene Mahl waren blos ein Mosaikgrund für jene Beiden.

Außer den bis jetzt genannten Personen sehen wir hier Mr. Powle, einen stämmigen, behäbigen Gutsbesitzer von gutmüthigem Aussehen, so lange Alles nach seinem Kopfe ging.

Ferner Eleanor's Mutter, die unter allen Umständen gutmüthig und überdies schön war — von den blonden Locken zu beiden Seiten ihrer Stirn an bis auf die Spitzen ihrer netten Schuhe.

Ferner einige Freunde, welche damals gerade einen Theil der Hausbewohner bildeten, die jungen Leute einer benachbarten Familie, Miß Broadus und zwei ältliche Damen aus dem Dorfe, welche stets bei Allem waren.

Ferner sah man hier Dr. Cairnes, den Rector, und seine Schwester, eine verwittwete Dame, welche einen Theil jedes Jahres bei ihm verlebte.

Ueber alle diese Personen schweifte Eleanor's Blick leicht hinweg und beschäftigte sich vielmehr verstohlen mit den noch übrigen Beiden — dem vornehmsten Mitgliede der Gesellschaft und dem, welches das am Wenigsten beachtenswerthe derselben zu sein schien.

„Warum betrachtete sie diese letztere Persönlichkeit mit so großer Aufmerksamkeit?“ fragte Eleanor sich selbst. Mr. Carlisle war der Zielpunkt für das Auge aller Anderen, ein sehr schöner Mann, der künftige Herr des Besitzthums, der seine mancherlei Vorzüge kannte und auf anmuthige Weise zu gebrauchen verstand.

Was hatte dagegen der Andere Bemerkenswerthes, jener lange, ruhige Mann, welcher mit Julie in dem Winkel des alten Thurmes Blumen pflückte?

Schön konnte man ihn nicht nennen. Schwarzes volles Haar und etwas markirte Züge waren das Einzige, was ihn auszeichnete. Hierzu kamen jedoch noch ein paar sehr helle, durchdringende Augen, deren Eigenschaft Eleanor diesen Morgen schon gefühlt hatte.

„Er hat eine gute Figur," sagte sie bei sich selbst, „eine sehr gute Figur, und er bewegt sich leicht und ungezwungen. Aber was giebt es weiter an ihm, daß ich fortwährend an ihn denke? Was ist der Unterschied zwischen seinem Gesicht und jenem anderen Gesicht?"

Jenes andere Gesicht machte häufige Ansprüche an ihre Aufmerksamkeit, aber dennoch konnte sie nicht die Gruppe in dem Winkel vergessen, wo ihre Schwester sich weit besser zu amüsiren schien, als sonst Jemand von der Gesellschaft. Niemand achtete sonst auf sie, nicht ein Mal in Gedanken, und als der Imbiß aufgetragen war, wunderte sich Eleanor beinahe, daß ihr Freund von diesem Morgen weder herbeikam, noch sogleich aufgefordert ward, dies zu thun.

Allerdings war es ihr, als ob Julie dies thäte, aber wenn dies auch der Fall war, so half es doch Nichts. Mr. Rhys blieb in dem entlegenen Winkel und studirte die Steine, bis Mr. Powle ihm zurief und ihn bewog, sich der übrigen Gesellschaft anzuschließen.

Nachdem der Squire diese gute That vollbracht, fühlte er sich dem Gegenstande seiner Fürsorge wohlwollend geneigt und knüpfte ein Gespräch mit ihm an.

Dieses gestaltete sich für Mr. Powle so zufriedenstellend, daß es seine Aufmerksamkeit von allen anderen Dingen außer von den aufgetragenen Fleischspeisen und Weinen ablenkte, deren Genuß ohnehin dadurch erhöht ward.

Das Gespräch dauerte lange und schien immer interessanter zu werden. Eleanor konnte nicht hören, um was es sich drehte, denn ihr eigenes Ohr war durch eine näher liegende Aufgabe in Anspruch genommen.

Das ganze Spiel war ihr jedoch nicht entgangen, und während ihre Zunge so laut und lustig schwatzte, wie alle übrigen, fand sie doch noch Zeit, sich im Stillen zu fragen, ob Mr. Rhys schüchtern wäre, oder durch ein Gefühl des eigenen geringeren Werthes zurückgehalten würde, so sehr zeichnete sein Benehmen sich durch den Mangel an allem geflissentlichen Vordrängen aus.

Eleanor hatte keine Gelegenheit, hierüber noch weitere Beobachtungen anzustellen oder Entdeckungen zu machen, denn ihr Vater ließ seinen neuen Bekannten auf dem ganzen Heimwege nicht wieder aus dem Garne und brachte ihn blos deßhalb nicht mit nach Ivy Lodge zum Thee, weil Mr. Rhys selbst nicht wollte, denn eingeladen ward er.

Zweites Capitel.

An der Gartenthür.

Die Familie in Ivy Lodge (Epheu=Haus) sammelte sich in ziemlich munterer Laune um den Theetisch, anscheinend sowohl um zu essen und zu trinken, als auch um zu plaudern.

Die Gesellschaft war jetzt bis auf die in dem Hause wohnenden Personen zusammengeschmolzen, zu welchen noch Miß Broadus kam, die eben so wie ihre Schwester hier wie überall anderwärts völlig heimisch war. Sie waren die Töchter eines früheren Rectors dieses Kirchspiels, arm aber ohne Jemand um Unterstützung anzugehen, die ihnen übrigens gewährt ward, ohne daß sie darum baten.

„Dein neuer Bekannter schien Dir zu gefallen, Papa," sagte Eleanor.

„Ja, das ist ein hübscher junger Mann," sagte der Squire. „Er hat viel Kenntnisse. Wie ich höre, hält er in Wiglands eine kleine Schule."

„So? Ich möchte wissen, wer diese besucht," sagte Mistreß Powle.

„Das weiß ich weiter nicht," entgegnete der Squire, „ich gedenke auch Alfred hinzuschicken."

„Wie, in eine solche Schule willst Du ihn schicken? Ganz gewiß wird dieselbe blos von den Kindern der dort herum wohnenden Bauersleute besucht. Es ist ja weiter Niemand da."

„Na, eine kurze Zeit lang kann es ihm Nichts schaden," sagte der Squire. „Der Lehrer gefällt mir, und Das ist wichtiger als ob mir seine Schüler gefallen. Laß Dich nur unbekümmert."

„Aber, lieber Powle, so Etwas ist mir doch in meinem Leben noch nicht vorgekommen. Ich glaube auch nicht, daß Doctor Cairners es gern sehen wird. Es wird ihm sehr sonderbar vorkommen, wenn Du Deinen Sohn zu einem Manne schickst, von dem man noch gar nicht weiß, wer es eigentlich ist."

„Doctor Cairnes mag sich um sich selbst bekümmern," rief der Squire. „Er kann doch nicht verlangen, daß ich Alfred zu ihm schicke."

„Meine werthe Mistreß Powle," mischte Broadus sich ein, „ich kann Ihnen zur Beruhigung sagen, daß zwei Söhne von Mr. Churchill, dem Geistlichen in Eastcombe, diese Schule auch besuchen, und daß dieselbe noch mehrere Schüler zählt, welche ebenfalls ganz respectabeln Familien angehören. Ganz gewiß ist Mr. Rhys ein guter Lehrer."

„Daß er ein sehr netter Mann ist, Das weiß ich," sagte Julie. „Mir hat er sehr gefallen.

„Ich sah, daß er Dich ganz ruhig zu halten verstand," sagte Eleanor. „Wie fing er dies nur an?"

„Er erzählte mir allerhand," entgegnete Julie, „und er pflückte mir Blumen und hielt mir einen kleinen Vortrag über Botanik. Es standen dort ganz allerliebste Farrnkräuter, obschon Ihr sie ganz gewiß nicht fändet. In meinem ganzen Leben ist mir kein so netter Mann vorgekommen, wie dieser Mr. Rhys."

„Ich bitte Dich, Eleanor," mischte die Mutter sich ein, „ermuthige Julie nicht zum Schwatzen, sie hört sonst nicht wieder auf."

„Ich werde nächstens wieder einen Spaziergang mit ihm machen, um noch mehr Blumen zu pflücken," sagte die Kleine.

„Ich werde ihn zu uns einladen," bemerkte der Squire. „Er ist ein sehr verständiger Mann und weiß, was er will."

„Weißt Du vielleicht etwas Näheres über ihn, lieber Powle?“ fragte die Gattin des Squire.

„Seine Thätigkeit besteht nicht blos darin, daß er drei oder vier Knaben unterrichtet,“ mischte Miß Broadus sich wieder ein. „Er fungirt auch an einer kleinen Dissenterkapelle drüben in Lily Vale.“

„Aber warum wohnt er nicht dort? fragte Mistreß Powle wieder. „Bis nach Lily Vale ist es wenigstens dritthalb Meilen, und ich sollte meinen, Das müßte zuweilen sehr störend sein.“

„Das weiß ich leider nicht; vielleicht findet er, daß das Leben in Wiglands wohlfeiler ist. Ich bekomme selbst die Butter für weniger als die Hälfte von Dem, was ich in Leicester dafür bezahlte.“

„Das macht, weil jetzt Sommer ist, Miß Broadus, sagte der Squire.

„Ja, ich weiß es wohl, aber dennoch bin ich überzeugt, daß Wiglands für arme Leute der beste Ort ist, den es auf der ganzen Erde für sie geben kann.“

„Na, Sie sind aber nicht arm, Miß Broadus,“ sagte der Squire.

Miß Broadus lachte still vor sich hin. Es war nämlich ein stehender Scherz, daß die beiden Schwestern nicht arm seien, denn man wußte recht wohl, wie beschränkt ihre Mittel waren. Dabei aber verstanden sie sich doch den Anschein zu geben, als wäre es mit ihren Finanzen weit besser bestellt, und sie thaten sich hierauf selbst nicht wenig zu gute.

„Eleanor," sagte die Mutter, als man vom Tische aufstand, „Du siehst blaß aus. Hast Du vielleicht nasse Füße bekommen?"

„Ja, Mama; es ging nicht anders."

„Dann wirst Du krank werden und das Bett hüten müssen."

„Das darf sie jetzt gerade nicht, liebe Freundin," sagte Miß Broadus lächelnd.

Eleanor konnte die Prophezeihung nicht hinwegspotten, denn eine innere Stimme sagte ihr, daß dieselbe nur zu wohl begründet sei. Sie ging zu Bett und dachte an Mr. Rhys' Helm. Sie wußte nicht recht, weßhalb. Sie pflegte sonst nicht dergleichen Gedanken nachzuhängen und eben so wenig begriff sie genau, was der Helm eigentlich sei.

Dennoch aber drängte sich ihr der beunruhigende Gedanke auf, daß gerade eine solche Erkältung, wie sie sich jetzt zugezogen, schon Manchem das Leben gekostet, und mit diesem Gedanken erwachte zugleich ein seltsames Gefühl von Schutzlosigkeit, von Mangel an Vertheidigung. Es war sehr unbehaglich, mit diesem Gefühl von wundem Hals und Fieberhaftigkeit zu Bett zu gehen und zu bedenken, daß der Anfang einer Menge letzter Krankheiten kein anderer und kein größerer gewesen. Früher hätte Eleanor sich durch so Etwas nicht im Mindesten beunruhigen lassen.

Sie maß die Schuld dem Gespräch am Morgen bei und glaubte, sie sei nervenschwach oder fieberhaft.

Dies aber war, wenn auch eine Erklärung, doch noch immer keine Hülfe, und während des häufigen Wachens einer unruhigen Nacht erwachte immer und immer wieder in ihr der Gedanke an jenen Harnisch oder Panzer, welcher einen ihrer Mitmenschen so beneidenswerth ruhig und zuversichtlich machte.

„Ich habe ein Wenig Fieber; der Alp drückt mich," sagte Eleanor bei sich selbst.

Dennoch aber ist es sicherlich sehr wünschenswerth, nicht vom Alp gedrückt zu werden, und als es wieder heller Tag war und man erklärte, sie sei sehr krank, weßhalb man nach dem Arzt schickte, fand Eleanor, daß ihre nächtlichen Visionen immer noch nicht weichen wollten. Sie konnte nicht aufstehen, sie war gefangen; ward sie wohl jemals wieder frei?

Sie war sehr krank. Das Fieber gewann immer mehr Macht, und der alte Arzt, der ein Freund der Familie war, machte ein sehr ernstes Gesicht.

Eleanor sah es. Sie wußte, daß ein Kampf zwischen den Mächten des Lebens und des Todes durchgefochten werden müsse, und der Gedanke, daß Niemand wissen könne, wer siegen werde, kam wie ein eisiger Wind über Blumen. Der Muth entsank ihr. Hoffnungen, Freuden und Pläne, von welchen sie gestern noch so erfüllt gewesen, lagen wie vom Frost ertödtet am Boden, und was war über den auf diese Weise frei gewordenen Raum hinweg zu sehen?

Eleanor scheute sich, hinzublicken.

Der Kampf mußte aber gekämpft werden, und es dauerte lange, ehe er entschieden ward. Der Wunsch nach jenem schützenden Helm, mochte derselbe bestehen worin er wollte, erwachte mit immer erneunter Stärke in Eleanor's Herzen. In der Einsamkeit der Nacht, wenn der Athemzug und der Pulsschlag immer rascher ging, gewann dieser Gedanke immer größere Macht. Wie sehnte sie sich nach diesem Talisman, der allein Hülfe und Frieden bringen konnte!

Sie hatte ihn aber nicht, und sie wußte auch nicht, wo sie ihn finden könnte.

Und wenn es dann wieder Tag war, wenn der Arzt ein ernstes Gesicht machte, und die Mutter ihr besorgtes Antlitz abwendete, um die kranke Tochter nicht darin lesen zu lassen, dann ward Eleanor's Herz erfüllt von erkältender Furcht.

Draußen blühten die Rosen des Juni und lachte der Sommersonnenschein. Süße Düfte strömten zu den geöffneten Fenstern herein und verkündeten die Zeit des Jahres. Julie erzählte, wie köstlich die Erd=

beeren wären, und welche Spaziergänge sie gemacht, und wie sie sich belustigt, während Eleanor's Zimmer dunkel gemacht war, und Arzneiflaschen und Gläser auf dem Tische standen, und der Arzt kam und ging.

Ihre Mutter wich den Tag über fast nie von ihr. Des Nachts aber schlief die Wärterin, und Eleanor warf sich unruhig auf ihrem Pfühl umher und dachte an eine andere Nacht, welche später kommt. Endlich war der Kampf mit dem Fieber und dem Schmerz vorüber. Nun aber trat ein Zustand von Schwäche ein, und obschon die Hoffnung wieder auflebte, so starb deßhalb die Furcht doch nicht.

„Warum weinst Du?“ sagte ihre kleine Schwester, als dieselbe eines Tages plötzlich in ihr Zimmer trat.

Eleanor war jetzt so weit hergestellt, daß sie das Bett verlassen konnte.

„Ich bin so matt und nervenschwach; ich bin thöricht.“

„Das würde ich an Deiner Stelle nicht sein,“ bemerkte Julie.

„Ich glaube auch nicht daß ich es bin,“ sagte Eleanor langsam.

„Warum sagst Du dann, Du wärst es? Aber was ist Dir eigentlich?“

„Wie alle übrigen Menschen wünsche ich mir Etwas, was ich nicht bekommen kann. Was hast Du da?“

„Farrnkräuter," sagte Julie. „Weißt Du, was Farrnkräuter sind?"

„Ich glaube, ich weiß es — wenn ich sie sehe."

„Aber wie steht es denn, wenn Du sie nicht siehst? Das ist das Wahre!"

„Kennst Du sie denn?"

„Ei ja wohl. Das Farrnkraut ist eine Pflanze, deren Samen auf der Hinterseite des Blattes zum Vorschein kommt, die keine Blüthe hat und runzlig wächs't wie eine Raupe."

„Woher weißt Du das Alles?"

„Von Mr. Rhys, der mir noch weit mehr gesagt hat."

„Wo siehst Du Mr. Rhys?"

„Ueberall, wo ich Lust habe. Alfred geht mit ihm spazieren, und die andern Knaben und ich, wir gehen auch mit, und da erzählt er uns allerhand."

„Weiß Mama Das?"

„Ja, und Papa läßt Mr. Rhys thun, was ihm beliebt. Er sagt, Mr. Rhys sei ein wundervoller Mann."

„Warum denn?" fragte Eleanor.

„Nun, ich glaube, weil er aus Alfred einen guten Jungen macht."

„Ich möchte wissen, wie er das anfängt," sagte Eleanor.

„Ja, er aber weiß es. Was glaubst Du? Da neulich züchtige er Alfred in Papa's Gegenwart."

„Wo denn?" rief Eleanor erstaunt.

„Drüben in der Schule. Papa war zugegen. Alfred glaubte, Mr. Rhys würde es in Papa's Gegenwart nicht wagen, und benutzte diese Gelegenheit, um ein Mal recht ungezogen zu sein. Mr. Rhys packte ihn aber sofort, strafte ihn tüchtig ab, und Alfred hat sich seitdem ganz gut benommen."

„War aber Papa darüber nicht sehr bös?"

„Er sagt, anfangs sei er es gewesen, und ich will es ihm gern glauben. Dann aber sagte er, Mr. Rhys sei ein großer Mann, und er werde sich nicht in sein Amt einmischen."

„Und wie benimmt sich Alfred gegen Mr. Rhys?"

„Er hat ihn lieb," sagte Julie, indem sie wieder ihre Farrnkräuter zur Hand nahm. „Ich habe ihn auch lieb, Mr. Rhys sagte, es thäte ihm leid, daß Du krank seist. — Sieh', hier sitzt der Saamen auf der Rückseite des Blattes."

Eleanor seufzte. Gern hätte sie sich von Mr. Rhys über einen anderen Gegenstand unterrichten lassen. Sie beneidete Julie fast um ihre Freiheit. Es schien zwischen ihr und der Kenntniß, nach der sie verlangte, eine große Mauer aufgebaut zu sein. Mußte dies immer so sein? „Julie," fragte sie, „wann machst Du wieder einen Spaziergang mit Mr. Rhys?"

„Morgen."

„Du könntest ihn Etwas fragen."

„Was denn, Eleanor?"

„Du mußt die Frage nicht thun, als ob sie von mir käme."

„Wie denn?"

„Du mußt thun, als ob Du es selbst zu wissen wünschest."

„Aber was denn?"

Eleanor zögerte, und plötzlich trat ihre Mutter ein.

„Was denn, Eleanor? was denn?" wiederholte Julie.

„Nichts. Studire nur Deine Farrnkräuter. Dies da ist die Rachis, und das da unten ist das Rhizoma, und die kleinen Saamenstellen, welche auf der Hinterseite zum Vorschein kommen, sind die Thecae. Ich weiß nicht gleich mehr, wie Mr. Rhys die Saamenkörner selbst nannte. Ich will ihn aber noch ein Mal fragen."

„Was schwatzest Du da für Unsinn, Julie?"

„Das ist gar kein Unsinn, Mama; es ist Sinn, oder vielmehr Wissenschaft."

„Wie gefällt Dir denn Mr. Rhys, Mama?“ fragte Eleanor. „Julie sagt, er sei oft hier.“

„Er ist ein sehr angenehmer Mann,“ entgegnete die Mutter. „Ich habe Nichts gegen ihn, ausgenommen daß Dein Vater und Deine Geschwister förmlich toll auf ihn sind. Ich für meine Person sehe nichts so ganz Außerordentliches an ihm. — Mr. Carlisle,“ fuhr sie dann fort, „wünscht zu wissen, wann Du Dein Zimmer wirst wieder verlassen können, Eleanor.“

Julie rannte mit ihrem Farrnkräuterbüschel davon.

Eleanor versank in Nachdenken, und das Gespräch war zu Ende.

Einige Tage später trat das Ereigniß ein, welches Mr. Carlisle so eifrig herbeizuwünschen schien.

Eleanor war im Stande, ihr Zimmer zu verlassen. Da sie sich aber immer noch sehr matt und nicht aufgelegt fühlte, sich unter eine lustig plaudernde Gesellschaft zu mischen, so mied sie das Gesellschaftszimmer, in welchem eine solche Gesellschaft versammelt war, und begab sich in ein kleines Sommerzimmer in einem andern Theil des Hauses.

Sie hatte dieses Zimmer gewissermaßen sich zu ihrem eigenen Gebrauch eingerichtet. Früher war es das Schulzimmer gewesen. Seitdem aber die eine Gouvernannte vor mehreren Jahren sich sehr schlecht benommen, hatte Mr. Powle den Schwur gethan, nie wieder eine in's Haus zu nehmen, möchte kommen was da wolle. Julie könne zu Hause lesen, reiten und laufen lernen; sei sie dann alt genug, so werde er sie in eine Pensionsschule thun.

Was der Squire unter dem Ausdruck „alt genug" verstand, war nicht recht klar. Julie war jetzt ein hübsches Kind von elf Jahren und übte sich im Reiten und Laufen allerdings nach Herzenslust. In andern Zweigen menschlicher Fertigkeiten, zu welchen das Lesen die Thür ist, machte sie jedoch keine sonderlichen Fortschritte.

Das alte Schulzimmer hatte längst selbst seinen Namen vergessen und war einfach und angenehm für Sommerbeschäftigungen hergerichtet worden. Von der einen Seite führte eine Glasthür in einen hübschen Blumengarten, Eleanor's ganz besondern Lieblingsaufenthalt, wo sie einen großen Theil der Arbeit selbst besorgte.

Dieser Garten war nach einem künstlichen geometrischen Plan angelegt, und Beete von allen möglichen Formen trieben buntfarbige Verbenen, Geranien, Sonnen- und andere dergleichen Blumen hervor.

Eleanor setzte sich an die Glasthür, um diesen Anblick zu genießen und sich die Thatsache zu vergegenwärtigen, daß sie nun wieder gesund würde.

Auf der andern Seite gelangte man aus diesem Zimmer auf einen kleinen Rasenplatz. Dieser war durch seine Lage und durch die Anpflanzungen von Strauchwerk von dem andern Theil des Hauses vollständig abgeschlossen, und ward von den zufälligen Gästen, welche sich hier einfanden, nur selten besucht.

Eleanor war daher an diesem Abend nicht wenig überrascht, eine lange, fremde Gestalt an dem andern Ende des Blumengartens sich zeigen zu sehen; im nächstfolgenden Augenblick aber war sie durchaus nicht überrascht, als sie sah, daß es Mr. Rhys in Begleitung ihrer Schwester Julie war.

Julie hüpfte nach ihrer flatterhaften Weise im Garten hin und her, während ihr Freund ihr langsam folgte, so daß sie endlich in die Nähe der offenen Thür kamen, innerhalb deren Eleanor saß.

Julie schoß, ihren Gefährten mit sich fortziehend, sogleich darauf zu und rief, als ob sie mit der Vollziehung eines Verhaftsbefehls beauftragt gewesen wäre und den Delinquenten glücklich gefunden hätte:

„Hier ist Mr. Rhys, Eleanor; nun kannst Du ihn selbst fragen, was Du wissen willst."

Eleanor ward ein Wenig verlegen. Mr. Rhys näherte sich ihr jedoch mit so freundlicher Miene und begrüßte sie mit so herzlichem Händedruck, daß dieses Gefühl von Verlegenheit sofort wieder schwand.

Vielleicht war dieser Händedruck aus Rücksicht auf Eleanor's verändertes Ansehen nur um so wärmer. Sie sah jetzt nicht mehr aus, wie jenes mit der Fülle der Gesundheit gesegnete Mädchen, welches vor wenigen Wochen in der Umgebung der alten Priorei umhergewandert war. Ihre muntere Farbe war verschwunden, die blauen Adern zeigten sich deutlich an den Schläfen, und die vollen Lippen hatten anstatt ihres früheren heitern Lächelns jetzt einen matten, ernsteren Ausdruck.

Sie machte jetzt einen ganz andern Eindruck, nämlich den eines zarten jungen Wesens, welches die stolze Kraft verloren, deren es sich noch vor Kurzem erfreut.

Mr. Rhys betrachtete sie aufmerksam.

„Sie sind sehr krank gewesen, Miß Powle,“ sagte er.

„Ja, allerdings einige Zeit.“

„Ich freue mich, Sie wieder wohl zu sehen.“

„Ich danke Ihnen.“

„Julie hat mich in dem Garten und in den Anlagen herumgeführt. Ich wußte nicht, wohin sie mich zuletzt bringen würde.“

„Wie gefällt Ihnen mein Garten?“

„Für einen Garten dieser Art scheint er mir ganz hübsch arrangirt zu sein.“

Eleanor fand dieses Lob eben nicht übertrieben. Ihr Gärtnerstolz fühlte sich verletzt.

„Sie sind wohl kein Freund von Gärten dieser Art?“

„Ich glaube, die Natur ist der beste Künstler.“

„Aber würden Sie der Natur gänzlich freien Spielraum lassen wollen?

„In der vegetabilischen Welt eben so wenig, als in der moralischen. Sie würde zu viel Unkraut hervortreiben.“

Die rasche Entschiedenheit, welche aus dem Auge des jungen Mannes sprach und in seinem Tone lag, war Etwas, womit Eleanor sich nicht aufgelegt fühlte, zu kämpfen oder zu wetteifern. Sie schwieg daher. Die beiden Anderen thaten Dasselbe, denn Julie war mit dem Binden eines Straußes beschäftigt.

Plötzlich wendete Mr. Rhys sich zu Eleanor:

„Julie sagte, Sie hätten eine Frage an mich zu thun, Miß Powle.“

„Ja, allerdings,“ setzte Eleanor zögernd, indem sie ein Wenig erröthete. „Aber stehend können Sie dieselbe nicht beantworten. Wollen Sie nicht hereinkommen, Mr. Rhys?“

„Ich danke Ihnen; wenn Sie mir erlauben, so werde ich hier Platz nehmen,“ sagte er, indem er sich auf eine der Stufen vor der Glasthür setzte. „Was war es für eine Frage?"

„Ich wünschte, Sie zu fragen — ich kannte Niemand anders, der mir es hätte sagen können — was für ein Helm es eigentlich sei, von welchem Sie damals sprachen — damals in den Ruinen der alten Priorei."

Eleanor konnte nicht aufblicken; es war ihr, als ob die klaren Augen ihr gegenüber in der Tiefe des Herzens läsen.

„Haben Sie ihn in den letztvergangenen Wochen bedurft?" fragte Mr. Rhys.

„Einen Helm?" mischte Julie sich ein. „Was ist eigentlich ein Helm?"

„Die Krieger der Vorzeit," antwortete Mr. Rhys, „pflegten einen Helm zu tragen, um ihr Haupt gegen Gefahr zu schützen.

„Es war eine Bedeckung von Leder und Stahl. Hatten sie diesen Helm auf, so fühlten sie sich sicher, während ohne denselben ihr Leben keinen Pfennig werth gewesen wäre."

„Aber Eleanor, — wozu braucht Eleanor denn einen Helm?" rief Julie und schlug ein lautes Gelächter auf.

„Vielleicht brauchst Du ebenfalls einen," entgegnete Mr. Rhys gelassen.

„Nein, gewiß nicht; ich möchte wissen, wozu

4*

Warum sollte ich mir den Kopf mit Leder und Stahl bedecken?"

„Du bedarfst sogar etwas noch Festeres, als dies."

„Etwas noch Festeres? Was denn?"

„Um dies zu wissen, mußt Du erst erkennen, worin die Gefahr besteht."

„Ich bin in keiner Gefahr."

„Woher weißt Du Das?"

„Nun, bin ich denn in Gefahr, Mr. Rhys?"

„Das wollen wir sogleich sehen. Weißt Du, was Jesus Christus für uns Alle gethan hat?"

„Nein."

„Weißt Du, ob Gott uns Gebote gegeben hat?"

„Ja; die zehn Gebote kenn' ich. Ich habe sie ein Mal gelernt, aber ich kann mich nicht mehr darauf besinnen."

„Hast Du ihnen denn gehorcht?"

„Ich?"

„Ja, Du."

„Daran habe ich nie gedacht."

„Bist Du ihnen also ungehorsam gewesen?"

Eleanor athmete freier auf und lauschte. Es war ihr merkwürdig, zu sehen, wie die flatterhafte Kleine dastand und wie bestrickt in die Augen des Fragenden schaute. Sonst so störrig und widerspenstig, antwortete sie jetzt ganz gesetzt:

„Ich weiß es nicht."

„Nun, Das wird sich sehr bald ermitteln lassen. Eins der Gebote ist, den Sabbath heilig zu halten. Hast Du dies immer gethan?"

„Nein," sagte Julie kurz. „Ich glaube, Andere thun es auch nicht."

„Lassen wir jetzt, was Andere thun. Hast Du immer die Wünsche und Worte Deines Vaters und Deiner Mutter befolgt? Dies ist ein anderweites Gebot."

„Wenigstens mehr, als Alfred."

„Lassen wir Alfred aus dem Spiele. Bist Du immer gehorsam gewesen?"

„Nein."

„Hast Du Gott Dein ganzes Leben lang von ganzem Herzen geliebt?"

„Nein."

„Aber was hält Dich dann ab, Dich zu fürchten?"

„Ich sollte mich fürchten?"

„Ja wohl. Du bedarfst dringend einen Helm."

„Ich soll mich fürchten?" fragte Julie nochmals.

„Ja, Du mußt Dich fürchten vor der Gerechtigkeit Gottes. Er läßt nie eine Sünde ungestraft. Er ist vollkommen gerecht."

„Aber ich kann doch nicht anders," sagte Julie.

„Aber was soll dann aus Dir werden? Du brauchst einen Helm."

„Einen Helm?" sagte Julie wieder; „was denn für einen Helm?"

„Du bedarfst zu wissen, daß Gott Dir vergeben hat, daß er Dir nicht zürnt, daß er Dich liebt und daß er Dich zu seinem Kind gemacht hat."

„Wie kann ich Das aber?" sagte die Kleine und schmiegte sich näher an den Sprechenden, welcher auf der Thürstufe saß.

„Du willst wissen, wie Du zu jenem Helm gelangen kannst? Es giebt dazu nur Einen Weg.

„Und was ist dies für einer, Mr. Rhys?"

Beide schwiegen eine Weile und sahen einander an.

„Gesetzt, Jemand hätte Deine Strafe von Dir genommen und den Mißfallen Gottes über Deine Sünden getragen," hob Mr. Rhys wieder an.

„Wer würde dies thun?" sagte Julie. „Niemand."

„Jemand hat es aber gethan."

„Wer denn, Mr. Rhys?"

„Einer, der Dich und uns Alle so innig geliebt hat, daß er den Preis unserer Erlösung gezahlt."

„Und welchen Preis hat er dafür gezahlt?"

„Sein eigenes Leben. Er gab es unter grausamen Martern hin, damit das unsrige erlös't werde."

„Aber warum that er dies, Mr. Rhrys?"

„Weil er uns liebte. Einen andern Grund hatte er nicht.“

„Dann werden die Menschen also erlös't?“ sagte Julie.

„Ja, Jeder, der auf die Bedingungen eingeht. Darauf kommt es an. Es bestehen Bedingungen.“

„Was für Bedingungen, Mr. Rhys?“

„Weißt Du, wer dies für Dich gethan hat?“

„Nein.“

„Der Herr selbst — der Herr Jesus Christus — der Herr der ewigen Herrlichkeit. Er hielt es für keinen Raub, Gott gleich zu sein; er nahm Knechtsgestalt an und er demüthigte sich und ward gehorsam bis zum Tode, ja bis zum Tode am Kreuze. Und nun ist er ein Fürst und Heiland und im Stande, Alle zu retten, die seine Bedingungen annehmen.“

„Was sind das für Bedingungen, Mr. Rhys?“

„Du mußt seine Magd sein und Dein ganzes Herz und Leben ihm vertrauen.“

„Ich soll seine Magd sein?“ sagte Julie.

„Ja, mit Herz und Seele, und ihm gehorchen, und Du mußt hoffen, daß er Dir verzeihen wird und Dich erlösen um seines Blutes willen.“

Ohne Zweifel lag in dem Sprecher selbst Etwas, was die Aufmerksamkeit des Kindes in diesem Grade fesselte. Juliens Augen hafteten unverwandt an sei=

nem Gesicht, diese aber waren nicht die einzigen, welche darauf verweilten, obschon nur Juliens Zunge antwortete.

„Ich will die Bedingungen annehmen, Mr. Rhys," fuhr sie fort.

„Das gebe Gott!" sagte er ernst.

„Aber was ist der Helm, Mr. Rhys?"

„Wenn Du die Bedingungen angenommen hast, liebe Kleine, dann wirst Du es erfahren."

Mit diesen Worten erhob er sich.

„Mr. Rhys," sagte Eleanor, indem sie ebenfalls aufstand, „ich habe Ihnen zugehört, aber ich verstehe Sie noch nicht recht."

„Dann empfehle ich Ihnen, besseren Unterricht zu suchen, Miß Powle."

„Ich möchte aber gern genau wissen, was Sie mit dem Helm meinen, von welchem Sie so oft sprechen."

Mr. Rhys blickte fest auf das schöne junge Antlitz, welches so deutlich von der kürzlich bestandenen Gefahr erzählte.

„Fragen Sie aus dem Drange der Nothwendigkeit?" sagte er.

Eleanor blickte auf und antwortete:

„Ja."

„Dann brauchen Sie blos zu sagen: Ich weiß,

daß mein Erlöser lebt — dies ist der Helm," sagte er. „Das Haupt ist dann bedeckt und geschützt selbst gegen die Furcht vor Unheil."

Unmöglich konnte Eleanor jemals wieder den Blick vergessen, welcher diese Worte begleitete und welcher ihren eigenen abgehalten hatten, sich wieder zu Boden zu senken.

Während sie noch dastand und über seine Worte nachdachte, drehte er sich herum und näherte sich wieder der jüngeren Schwester.

Eleanor blieb einige Minuten lang stehen, so schwach sie auch noch war. Sie war noch nicht überzeugt, daß sie vollkommen verstände, was jener Helm eigentlich sei, an der Wirklichkeit desselben aber stand nicht zu zweifeln. Sie hatte den Helmbusch wenigstens über Einer Stirn wehen gesehen.

„Ich weiß, daß mein Erlöser lebt."

Eleanor setzte sich und dachte über diese Worte nach. Sie hatte dieselben schon früher gehört, sie waren das Glaubensbekenntniß Jemandes, aber sie wußte nicht gewiß, Wessen. Und was für ein Glaube war es?

Eleanor fühlte sich einsam und verlassen. Julie und Mr. Rhys waren fort. Der Garten war leer. Für heute Abend gab es keine Gelegenheit mehr, sich Raths zu erholen.

Eleanor fühlte sich zu heiterem Geplauder durchaus nicht aufgelegt und stieg langsam die Treppe nach ihrem Zimmer hinauf, aus welchem sie auch trotz wiederholter Aufforderungen an diesem Abend nicht wieder herunterkam.

Gern wäre sie über jene Frage in's Klare gekommen, ehe sie wieder in das Geräusch der Welt zurückkehrte und von diesem verschlungen ward, wie doch bald der Fall sein mußte.

Sie verschloß daher die Thür, nahm ihre Bibel zur Hand und versuchte hierin zu finden, was sie suchte. Ihre Augen und ihr Kopf waren aber müde, ehe ihr Geist noch irgend welches Licht empfing. Sie war noch zu schwach und gab daher diesen Versuch auf.

Drittes Kapitel.

„Heute Abend kannst Du nun hinunterkommen, Eleanor," sagte Mistreß Powle am nächstfolgenden Morgen zu ihrer Tochter.

„Ich war schon gestern Abend unten — des Nachmittags, meine ich."

„Ja, aber Du bliebst nicht. Ich möchte Dich heut' Abend im Gesellschaftszimmer sehen. Du kannst es nun ertragen."

„Ich habe keine Eile, Mama."

„Aber andere Leute haben Eile und wollen Dich gern bald sehen. Wenn Du vielleicht ein weißes Kleid anziehst, so stecke Dir eine Rose in's Haar, oder bringe irgend wo rosenfarbene Bänder an, damit Du ein wenig Farbe bekommst."

„Hast Du Jemanden auf heute Abend eingeladen?"

„Nein, Das nicht; aber die Leute haben ihren Besuch versprochen, ohne dazu aufgefordert worden zu sein. Doctor Cairnes will Dich gern sehen. Er sagte, er werde Mistreß Wycherly mitbringen. Miß Broadus wird natürlich auch da sein und ihre Schwester nicht fehlen. Mr. Carlisle bat mich um meine Erlaubniß, sich ebenfalls vorstellen zu dürfen."

„Mr. Rhys kommt auch," mischte Julie sich ein.

„Ich glaube es selbst. Papa will ihn alle Mal mit hier haben. Es ist nur gut, daß der junge Mann eine Beschäftigung hat, die ihn zu Hause hält, sonst wäre er bei uns förmlich das tägliche Brod. So aber fällt er uns weiter nicht zur Last."

„Kommen denn alle diese Leute in der Hoffnung und Absicht, mich zu sehen, Mama?"

„Was die Leute hoffen, kann ich blos vermuthen, Eleanor. Ich habe weiter Nichts verbrochen, als daß ich gestanden habe, Du würdest zum ersten Mal Dich wieder zeigen."

„Mr. Rhys kommt nicht, um Dich zu sehen, Eleanor," sagte Julie; „er will blos die Bücher sehen — deßwegen kommt er."

Die für den Abend angekündigte Gesellschaft bot Eleanor einige Aussicht. Wenn irgend Jemand ihr in Bezug auf die in der letzten Zeit gehabten Zweifel und gehegten Wünsche nützlich sein konnte, so mußte es Dr. Cairnes sein. Er war wenigstens der einzige Bekannte, mit welchem sie darüber sprechen konnte.

Mr. Rhys war ein Fremdling und der Lehrer ihres Bruders, dies war Alles. Daß sie Gelegenheit bekam, mit ihm zu sprechen, war wohl möglich, aber nicht gewiß. Dr. Cairnes war ihr Beichtvater und alter Freund. Freilich kannte sie ihn außerhalb der Kanzel am Besten als Alterthumsforscher, und übrigens hatte sie ihn in Bezug auf religiöse Fragen noch nie erprobt.

Eleanor kleidete sich demgemäß an und begab sich langsam hinab auf den Schauplatz der geselligen Unterhaltung, die um ihretwillen so lange unterbrochen gewesen.

Ivy Lodge war ein respectables, bequemes, altes Haus, wie denn überhaupt Respectabilität und ruhige Solidität das charakteristische Kennzeichen der ganzen Familie waren. Nur auf Mistreß Powle lastete das Bewußtsein einer vornehmeren Abstammung, als dem Namen Powle im Allgemeinen eigen war. Indessen bequemte sie sich, wenigstens äußerlich, dem Thun und Wesen ihres Gatten so ziemlich an, entfernte nicht das alte Hausgeräth, brachte keine modernen Extravaganzen auf, und Ivy Lodge war daher ein sehr angenehmer Ort.

Das Gesellschaftszimmer war ein hübsches, geräumiges Gemach, hell und freundlich und unmittelbar auf den Rasenplatz hinausführend, ohne dazwischen befindliche Piazza oder Terrasse.

Die Fenster oder vielmehr die Glasthüren standen offen, und die Gesellschaft schien halb draußen, halb drinnen zu sein.

Dr. Cairnes war da und unterhielt sich mit dem Squire. Einige Schritte davon sprach Mistreß Powle mit Mr. Carlisle.

Weiter als bis zu diesen beiden Gruppen gelangte Eleanor's Auge nicht, denn die Personen, welche die letztere bildeten, begrüßten sie sofort.

Mistreß Powle's Ausruf verrieth zweifelhaftes Vergnügen über Eleanor's Erscheinen, Mr. Carlisle's Freude ließ dagegen keinen Zweifel übrig. Er kam sofort auf Eleanor zu und gab ihr seinen Stuhl, dann brachte er ihr eine Tasse Thee und setzte sich mit nieder, um sie trinken zu sehen.

Dies war allerdings sehr angenehm und erfreulich, und Eleanor fand es auch so, nur kam es ihr vor, als wenn Mr. Carlisle sich ein Wenig überstürzte.

Sie trank ihren Thee und unterhielt sich sehr ruhig, während ihre Mutter daneben saß und sich fächelte, so selbstvergnügt, wie eine alte Ente schwimmt, welche sieht, daß alle ihre Küchlein richtig in's Wasser gehen.

Dann und wann blickten Eleanor's Augen durch die Fenster.

Auf dem Rasenplatz in einer kleinen Entfernung befand sich eine Gruppe, welche dicht beisammen saß und sehr beschäftigt zu sein schien. Es waren Mr. Rhys, Miß Broadus, Alfred und Julie. Jedenfalls war dort etwas Anderes im Gange, denn sie sprachen und hörten zu, und besahen Etwas, was sie umzuwenden schienen.

Eleanor hätte sich gern ihnen angeschlossen, aber neben ihr saß Mr. Carlisle. Sie erinnerte sich des Ausdrucks, welcher früher ein Mal über sein Gesicht gezuckt, als sie Mr. Rhys' Namen genannt. Sie wollte daher nicht ein Mal durch ihre Augen seine Aufmerksamkeit auf die Gruppe lenken, obschon dieselben, so oft sie konnten, verstohlen dahin schweiften. Wie amüsirten sich diese Leutchen dort auf dem Gras, während sie von Mr. Carlisle gefangen gehalten saß!

Andere Mitglieder der Gesellschaft, welche Eleanor noch nicht gesehen hatten, kamen Eins nach dem Andern herbei, um ihr Glück zu wünschen und sie willkommen zu heißen, Mr. Carlisle aber wich nicht von seinem Platze.

Dr. Cairnes kam, und Eleanor suchte eine Gelegenheit, mit ihm zu sprechen. Es war ihr keine vergönnt. Allerdings verließ Mr. Carlisle ein Mal seinen Platz, um ihre Tasse fortzutragen, und Dr. Cairnes setzte sich in seiner Zerstreutheit auf den leergewordenen Stuhl. Mr. Carlisle stellte sich aber dann auf die andere Seite in das geöffnete Fenster, und sie sah sich von der ersehnten Gelegenheit so weit entfernt, wie vorher.

„Nun, liebes Kind," sagte der Doctor, „Sie haben eine schlimme Krankheit durchzumachen gehabt, nicht wahr? Wir freuen uns, Sie wieder unter uns zu haben."

„Sie sieht aber noch immer aus, wie ein Gespenst," warf Mistreß Powle ein.

„Dann ist sie aber ein ziemlich materielles Gespenst," sagte der Doctor, indem er Eleanor in die Wange knipp. „Etwas Fleisch und Blut ist noch da — Fleisch wenigstens — und jetzt beweis't auch das Blut, daß es noch da ist. So ist's recht, liebes Kind — so sehen Sie viel besser aus."

Mr. Carlisle's Lächeln sagte Dasselbe, als der Doctor ihn ansah. Die augenblickliche Farbe schwand jedoch wieder von Eleanor's Wange hinweg. Eleanor bedachte, wie nahe sie daran gewesen, wirklich ein Geist zu werden.

Gerade in diesem Augenblick ward Mr. Carlisle's

Aufmerksamkeit nach einer andern Seite hin in Anspruch genommen, und Mistreß Powle bewegte sich ebenfalls hinweg. Eleanor versäumte nicht, die Gelegenheit zu ergreifen.

„Herr Doctor," sagte sie, „ich wünsche Ihre Belehrung über Etwas."

„Ja, liebes Kind," entgegnete der Rector, indem er eben so, wie Eleanor gethan, die Stimme senkte. „Ich werde mich glücklich schätzen, Ihnen Belehrung ertheilen zu können. Was wünschen Sie zu wissen, Miß Eleanor?"

„Etwas, was in Ihr Fach schlägt, Herr Doctor. Sie entsinnen sich wohl des Helms, von welchem in der Bibel gesprochen wird?"

„Des Helms?" wiederholte der Geistliche; „meinen Sie Goliath's Helm? Dieser trug einen ehernen Helm auf dem Kopfe. Muß schwer gewesen sein, aber ich glaube, er hat ihn schon tragen können. Was ist damit, liebes Kind? Ich freue mich, Sie wieder lächeln zu sehen."

„Diesen Helm meine ich nicht. Ich spreche von einem andern — besinnen Sie sich nicht? Er wird irgendwo der Helm des Heils genannt."

„Ah, diesen Helm meinen Sie! Ja, der kommt in der Beschreibung des christlichen Rüstzeugs in einer schönen Stelle des Epheserbriefes, glaube ich, vor. Was ist damit, Miß Eleanor?"

„Ich wünsche zu wissen, welche Form dieser Helm annimmt."

Es war seltsam, mit welcher Schwierigkeit Eleanor ihre Fragen vorbrachte.

„Welche Form?" wiederholte der Rector, mit dem Kinn in sein Halstuch hineinfahrend. „Hm! Das ist eine Frage, die sich leichter stellen, als beantworten läßt. Sie müssen in einem Commentar darüber nachlesen, liebes Kind."

„Ich bin eine Freundin von lebenden Commentaren."

„Wirklich? Nicht übel! Sie wollen also wissen, welche Form dieser Helm annimmt. Natürlich ist Ihnen bekannt, daß diese Ausdrücke blos bildlich zu verstehen sind. Ich glaube, der Helm des Heils nimmt die Form einer gewissen Fassung und Ruhe des Gemüths an, welche die christliche Seele und zwar mit Recht fühlt, wenn sie die Anstalten betrachtet, welche in dem Evangelium für ihr Wohlergehen getroffen sind. Es ist an jener Stelle nicht blos von dem Helm des Heils die Rede, sondern auch von dem Schild des Glaubens u. s. w."

Eleanor war mit dieser Antwort durchaus nicht

zufrieden, aber sie wußte auch nicht, wie sie ihre nächste Frage stellen sollte.

„Wie kommen Sie denn überhaupt auf dieses Thema, Miß Eleanor?"

„Es war seltsam —" stammelte Eleanor.

„Es erwachten wohl während Ihrer Krankheit allerhand ernste Gedanken in Ihnen?" fragte der Rector. „Ich freue mich, wenn dies der Fall gewesen ist. Ernste Gedanken sind für angemessene Erheiterung durchaus nicht hinderlich, und mit unangemessener würden Sie ohnehin Nichts zu schaffen haben wollen."

„Können wir nicht sogar sagen, daß ernste Gedanken die Grundlage jedes wahren gegenwärtigen Genusses sind?" fragte eine andere Stimme.

Es war Mr. Rhys, welcher sprach. Eleanor erschrak fast, als sie ihn hörte und plötzlich an der Stelle im Fenster stehen sah, wo kurz vorher noch Mr. Carlisle gestanden.

„Nun, Das möchte ich nicht gerade behaupten," entgegnete Dr. Cairnes. „Ich finde großen Genuß an verschiedenen Dingen — an diesem schönen Tage zum Beispiel, an dieser liebenswürdigen Gesellschaft und an Mistreß Powle's vortrefflicher Tasse Thee, ohne daß nach meiner Ansicht ernste Gedanken Etwas damit zu thun hätten."

„Aber es ist uns geboten, Alles im Namen des Herrn Jesus Christus zu thun."

„Das ist natürlich blos in seiner vernünftigen Bedeutung zu nehmen. Eine Tasse Thee ist eine Tasse Thee und Nichts weiter. Es liegt Nichts zu Grunde, als höchstens ein Wenig Zucker — etwas Ernsthafteres nicht."

„Aber was glauben Sie wohl dann, was der Apostel meint, wenn er sagt: ‚Hinfort kenne ich Keinen nach dem Fleisch?'" fragte Mr. Rhys.

„Hm, Das sagt der Apostel. Ich bin aber keiner. Sind Sie vielleicht einer?"

„Ohne inspirirt zu sein, glaube ich, ist in der Bedeutung eines Boten jeder Diener Christi auch sein Apostel," entgegnete Mr. Rhys mit vollkommener Ruhe.

„Nun, ich bin nicht ein Mal apostolisch," sagte der Rector und grunzte ein paar Mal zufrieden und ein paar Mal unzufrieden vor sich hin.

Eleanor verstand ihn. Seine Zufriedenheit galt ihm selbst, die Unzufriedenheit dem Sprecher, dessen Worte ihm so ungelegen kamen.

Er erhob sich und räumte das Feld. Mr. Rhys hatte sich schon vor ihm entfernt, und Eleanor fragte sich abermals, ob dieser Mann in der That schüchtern sei, oder nicht. Er ließ sich so wenig sehen und hören, wenn er aber sprach, dann sprach er mit so gewaltiger Klarheit und Selbstbeherrschung.

Nun war er fort, und Mr. Carlisle noch anderwärts beschäftigt. Es dauerte nicht lange, so kam Miß Broadus und nahm den leeren Sitz ein.

Miß Broadus' Gesicht zu beschreiben, ist unmöglich. Es war in gewissem Sinne schön, feist und frisch, die „Fenster der Seele" aber ließen sehr wenig Licht von Innen durchleuchten. Dafür aber war die Zunge desto geläufiger, und an Stoff zur Unterhaltung fehlte es nie.

Dabei war sie außerordentlich umgänglich und gesellig mit allen ihren Nachbarn, vornehmen und geringen, und alle Angelegenheiten derselben hatten Interesse für sie. Eben in Folge ihrer Empfehlung war Mr. Rhys von Mistreß Powle mit zu jener Vergnügungsparthie eingeladen worden, womit die Abenteuer dieses Buches beginnen.

„Nun sind Sie wieder unter uns, Eleanor," hob sie an. „Wir freuen uns, Sie zu sehen. Mr. Carlisle wird sich auch freuen, glaube ich. Wir haben Sie schwer vermißt. Sie sind fürchterlich krank gewesen, nicht wahr? Ja, ja, man sieht es Ihnen noch an. Ich wollte gern zu Ihnen, um Etwas für Sie zu thun, aber Ihre Mama ließ mich nicht, und ich wußte ja auch, daß es Ihnen an Nichts gebrach."

„Ich bin von Ihrer Güte überzeugt."

„Da draußen war es jetzt ganz interessant. Sahen Sie uns nicht auf dem Grase sitzen? Mr. Rhys ist ein förmlicher Botaniker oder Naturforscher, oder so Etwas, und er war der Mittelpunkt unserer Unterhaltung. Er zeigte uns Farrnkrautblätter und hielt uns einen Vortrag darüber. In meinem ganzen Leben habe ich kein Farrnkrautblatt angesehen, aber er hat mich beinahe überzeugt, daß gewisse Schönheiten daran zu finden sind. Er ist ein sehr hübscher Mann. Es ist nur schade, daß er uns verlassen und sich wegwerfen will."

„Steht er denn im Begriff, dies zu thun?"

„Ja, liebes Kind, und ich kann es nicht wohl anders nennen. Wie der Ort heißt, weiß ich nicht mehr, aber wahrscheinlich ist es der fürchterlichste, von welchem man je gehört. Mr. Rhys ist viel zu gut, um sich mit Geschöpfen abzugeben, die mehr Teufeln als Menschen gleichen. Ich versichere Ihnen, Eleanor," fuhr Miß Broadus fort, indem sie sich umschaute, um sich zu überzeugen, daß kein Lauscher in der Nähe sei, „Sie können sich gar nicht denken, was für ein angenehmer Mann er ist. Ich lud ihn zu uns zum Thee ein, denn man muß gegen Alle freundlich und nachbarlich sein, und er hat keine Verwandten oder nähern Freunde hier. Ich frage mich zuweilen, ob er deren überhaupt irgendwo hat. Er kam also zu uns zum Thee und war so angenehm als möglich. Ich glaube, meine Schwester Juliana hat sich förmlich in ihn verliebt. Ich sage ihr aber, daß dies Nichts nützen kann, denn an jenen schrecklichen Ort würde sie doch nicht mit ihm gehen."

Und Miß Broadus lachte herzlich, denn ihre Schwester war, obschon jünger als sie selbst, doch schon ebenfalls ziemlich alt. Die beiden Schwestern verstanden aber ein Mal die leichtherzige Einfachheit der Jugend in bemerkenswerthem Grade zu wahren, und auf diese Weise war es ihnen gelungen, die Runzeln von ihren alten Gesichtern fern zu halten.

„Aber was ist denn das für ein Ort, Miß Broadus?"

„Ja, liebes Kind, den Namen kann ich mir nicht merken. Man sagt, das Land sei schön und fruchtbar, nur die Menschen seien dort schlecht. Mr. Rhys wird in Wiglands sehr vermißt werden. ‚Wie angenehm wäre es,' sagte ich nur erst heute Morgen zu Juliana, ‚wie angenehm wäre es, wenn Mr. Rhys der Hochkirche angehörte und den guten Doctor Cairnes unterstützen könnte.' Ich glaube, wenn er auch fortgeht, so wird man ihn doch bald wieder holen."

„Wann geht er denn?"

„Das weiß ich nicht. Er wartet auf Etwas.

Wenn ich mir nur den Namen des Ortes merken könnte! Ich weiß aber schon, wenn ein Wort viel Sylben hat, so kann ich es nicht im Gedächtniß behalten. Ich weiß blos, daß die Pflanzen dort zu einer ungeheuern Höhe emporwachsen und daß, als ob dies noch nicht genug wäre, die Menschen einander selbst zerreißen und verzehren. Ich fürchte, es wird dem armen Mr. Rhys dort nicht gut gehen. Seine Schüler hier werden ihn sehr vermissen, eben so wie wir Alle. Ich bin durch das öftere Zusammentreffen sehr gut mit ihm bekannt geworden, und Juliana besteht darauf, ihn noch ein Mal einzuladen. Wie verschieden ist er doch von Mr. Carlisle! Sehen Sie, dort sprechen die beiden Herren mit einander."

„Aber woher haben Sie das Alles erfahren, Miß Broadus? Hat Mr. Rhys selbst es Ihnen erzählt?"

„Nein, liebes Kind. Er spricht nie davon oder von sich selbst. Er lieh mir eine Flugschrift oder so Etwas. Mr. Rhys ist der längste, aber Mr. Carlisle ist auch ein schöner Mann — meinen Sie nicht, Eleanor?"

Eleanor fand es angemessen, diese zuletzt geflüsterte Bemerkung zu überhören, obschon sie nicht verfehlte, den Contrast zu bemerken, welchen ein kurzes Gespräch zwischen den beiden jungen Männern darbot. Sie hatten Wenig gemeinsam. Das eine Gesicht hatte markirte Züge und einen ernsten, durchdringenden Ausdruck, während das andere kalt, klar und mit etwas übermüthigem Lächeln darein schaute.

Eleanor hatte das frühere Gespräch des Nachmittags, oder die Frage, welche sie beunruhigte, noch nicht vergessen. Ihre Hoffnungen waren nicht in Erfüllung gegangen. Mit Mr. Rhys hatte sie kein Wort gesprochen, und es dauerte nicht lange, so war er verschwunden. Mit Dr. Cairnes war Dasselbe der Fall.

Nun war an diesem Abend keine weitere Aussicht zu einem Gespräch über jenes Thema vorhanden, und da Eleanor sich noch sehr matt fühlte, so hielt sie es für's Beste, sich zurückzuziehen.

Sie verließ die Gesellschaft und ging langsam durch das Haus aus einem Zimmer in das andere, um in das ihrige zu gelangen.

So kam sie auf dieser Wanderung auch in die Bibliothek. Hier erblickte sie zu ihrem Erstaunen Mr. Rhys, der an einem der Tische über ein Buch geneigt saß.

Er sprang, als sie vorüber kam, sofort auf, streckte ihr die Hand entgegen und erkundigte sich freundlich nach ihrem Befinden. Seine „gute Nacht“ war so herzlich, der Druck seiner Hand so offen und freundlich, daß Eleanor, anstatt weiter zu gehen, stehen blieb.

„Studiren Sie noch hier?“

„Ihr Vater hat mir freundlich erlaubt, seine Schätze hier zu benutzen. Meine Zeit ist sehr gemessen, und ich fühlte mich daher versucht, den Augenblick, der sich mir darbot, zu ergreifen. Es ist mir dies ein sehr kostbares Vorrecht, welches ich sicherlich nicht mißbrauchen werde."

„O bitte, sprechen Sie nicht von Mißbrauch!" entgegnete Eleanor. „Niemand fragt nach diesen Büchern hier. Ich freue mich, daß dieselben wenigstens Jemand anders zu Gute kommen. Doch ich störe Sie."

„Durchaus nicht!" rief Mr. Rhys, indem er einen großen Stuhl für sie herbeitrug, „oder doch nur auf angenehme Weise. Bitte, nehmen Sie Platz — Sie sind noch nicht wieder kräftig genug, um lange zu stehen."

Eleanor blieb aber doch stehen und zögerte einen Augenblick.

„Ich wünschte, Sie sagten mir noch ein Wenig mehr über Das, wovon wir vorhin sprachen," sagte sie mit einiger Anstrengung.

„Fühlen Sie den Mangel eines Helms?" fragte er in ernstem Tone.

„Ja — vor einiger Zeit — als ich krank war — fühlte ich, daß mir ein fester Grund fehlte."

„Sie fühlten, daß Etwas zwischen Ihnen und Gott fehlte, nicht wahr?"

„Ja, ich glaube, so war es.“

„Nun dann werden Sie wohl verstehen, daß, wenn Jemand mit Freuden sagen kann: ‚Ich weiß, daß mein Erlöser lebt, und daß er seinem Versprechen gemäß lebt, um mich von jedem Uebel zu befreien und mich in sein himmlisches Reich zu führen,‘ daß Der, welcher dies sagen kann, auf seinem Haupt die Bedeckung eines unendlichen Schutzes gegen Gefahr und Furcht trägt — so zu sagen einen Helm, welchen ihm die Hand des Herrn selbst auf's Haupt gesetzt, und den alle Schicksalsschläge nicht zu zerschmettern vermögen.“

Eleanor schwieg eine Weile.

„Sie wollen,“ hob sie dann an, „aber doch nicht sagen, daß dieser Schutz hinreichend gegen alles Uebel sei. Sind Krankheit und Schmerz nicht auch Uebel?“

„Nein, für ihn, der den Helm trägt, nicht; sie können ihm nicht schaden. Alles muß zu seinem Wohle gereichen. Den Gerechten kann kein Uebel treffen. Gepriesen sei der Herr, der nur wunderbare Dinge thut!“

Eleanor stand da, stumm, gedemüthigt, überzeugt. Dennoch aber besann sie sich, daß sie nicht so stehen bleiben durfte, und sie hob ihre Augen auf, um Mr. Rhys gute Nacht zu wünschen.

Das Gesicht, welches sie erblickte, gab ihren

Gedanken eine neue Wendung. Es war völlig verändert. Ein helles Licht reiner Freude und innigen Triumphes strahlte darauf, ohne die liebende Sorgfalt zu bergen oder zu hindern, womit diese durchbringenden Augen in ihrem Innern lasen.

Keines Wortes mächtig, entfernte sie sich.

„Mr. Rhys ist ein glücklicher Mensch," sagte sie dann bei sich selbst. „Ich wollte, ich wäre eben so glücklich, als er."

Viertes Capitel.

Nach noch einigen Tagen war Eleanor wieder im Besitz der ganzen Kraft und Schönheit, welche sie gewohnt gewesen, als ihr natürliches Erbtheil zu betrachten.

Sie führte ein sehr beschäftigungsreiches Leben. Es war keine einförmige, langweilige Existenz, welche sie von einem Tage zum andern hinschleppte, sondern die Zeit zählte nur goldene Pfennige in ihre Hand.

Jede Minute ward durch Beschäftigung und Spiel ausgefüllt. Studien waren, wenn sie sich ein Mal damit befaßte, angenehm, aber sie studirte nicht viel. Die Natur war für sie ein von Licht und Wohlgerüchen erfüllter Zauberpalast. Körperliche Anstrengung, Reiten oder Gehen, war ihr eben so angenehm, wie es dem

Vogel ist, von seinen Schwingen Gebrauch zu machen. Familienverkehr und nachbarliche Gesellschaft war für sie blos Vergnügen.

Alle diese Lebensgenüsse wurden, nachdem sie die wochenlange Krankheit überstanden, mit erneutem Eifer wieder aufgenommen.

Und dabei war sie sich einer Aussicht bewußt, welche sich vor ihr öffnete — der Aussicht auf ein hohes, glänzendes Geschenk, welches das Glück ihr mit huldreicher Hand bot.

Stand zu erwarten, daß sie es annähme? Eleanor wußte Das selbst nicht recht.

Mittlerweile konnten ihre Augen aber doch nicht umhin, nach dieser Richtung zu schauen, und ihre Füße thaten bewußt oder unbewußt ebenfalls von Zeit zu Zeit einen Schritt nach diesem Ziele.

Eines Morgens saß sie mit ihrer Mutter bei der Arbeit — das heißt, Eleanor zeichnete, und Mistreß Powle schnitt auf künstliche Weise zu einem uns unbekannten Zwecke Papier aus, als Julie hereingesprungen kam und einen Strauß schöne blaue Blumen vor ihre Schwester auf den Tisch warf.

„Wo hast Du diese schönen Blumen her?“ fragte Eleanor.

„Sie sind aus Mutter Williams' Garten.“

„Wer ist Mutter Williams?“

„Nun, das ist ja die alte Frau, bei welcher Mr. Rhys wohnt und in deren Hause er auch seine Schule hat."

„Nimm Deine Blumen hier wieder weg und mache nicht so viel Lärm," sagte Mistres Powle.

„Wir haben Mr. Rhys recht lange nicht hier gesehen," hob Eleanor wieder an. „Ich möchte wissen, wie er sich befindet."

„Das kann ich Dir sagen," antwortete Julie. „Er befindet sich nicht wohl. Er sieht ganz blaß und matt aus, und ich glaube bestimmt, er ist krank. Daß er matt ist, weiß ich bestimmt, denn er kann jetzt nicht mehr so marschiren, wie sonst. Wir wanderten sonst über die ganzen Hügel hinweg, aber jetzt sagt er, er sei es nicht mehr im Stande."

„Sollten wir nicht hinschicken und uns erkundigen lassen, Mama?" fragte Eleanor.

„Papa wird es wohl thun," antwortete Mistreß Powle.

„Hast Du schon gehört, Mama," fuhr Eleanor, als Julie wieder fortgerannt war, fort, „daß Mr. Rhys Wiglands verlassen und sich irgendwohin an einen schrecklichen Ort begeben wolle?"

„Allerdings habe ich davon gehört."

„Was ist es denn eigentlich für ein Ort?"

„Das weiß ich auch nicht recht. Es ist irgendwo auf den Südseeinseln, glaube ich.

„Ist es denn wahr, daß er dorthin geht, Mama?"

„Das kann ich nicht sagen. Miß Broadus behauptet es und hat es, glaube ich, von ihm selbst gehört."

„Aber, Mama, ich glaube, nach meiner Ansicht wäre es schade um Mr. Rhys, wenn er dorthin gehen und sein Leben einbüßen sollte. Es giebt doch für einen solchen Mann in England genug zu thun, ohne daß er nach den Südseeinseln zu gehen braucht. Ich begreife nicht, wie Jemand England verlassen kann."

„Mistreß Powle blickte zu ihrer Tochter auf und lachte. Eleanor machte in ihrer Arbeit eine Pause und sendete einen liebenden Blick zu dem geöffneten Fenster hinaus, wo Natur und Sommer in ihrem vereinten Reichthum schwelgten. Durch einen breiten Durchhau hindurch erblickte das Auge die schattigen Höhen auf der anderen Seite des Flußthales, welches der Ryth durchströmte.

An diesen Höhen schien Eleanor's Blick zu haften.

Ihre Mutter bemerkte Dies mit schlauer Miene.

„Ich möchte Dich um Deine Meinung über einen

anderen Ort befragen," sagte sie, „über einen Ort, der in England und folglich nicht schrecklich ist. Siehst Du dort hoch oben das braune Mauerwerk, welches in der Ferne über die Bäume hervorragt? Weißt Du, was für ein Haus dies ist?

„Allerdings."

„Nun, was ist es denn?"

„Es ist die Priorei, die neue Priorei sollte man es nennen, denn die alte steht noch da unten im Thale."

„Was meinst Du zu diesem Orte?"

„Nun, in Erwägung, daß die alte Priorei mit ihren Grundstücken dazu gehört, glaube ich, es muß einer der schönsten Orte in England sein."

„Und ich möchte ihn in Deinem Besitz sehen," bemerkte Mistreß Powle, indem sie fortfuhr, Papier auszuschneiden.

Eleanor fuhr ebenfalls fort, eifrig zu zeichnen, um ihr Erröthen zu verbergen, doch ließ sie sich durch dieses nicht abhalten, sich freimüthig auszusprechen.

„Ich weiß doch nicht, Mama, ob ich den Besitzer jenes Ortes genug liebe, um ein so werthvolles Geschenk von ihm anzunehmen."

„Aber er liebt Dich genug, um es Dir zu verleihen," bemerkte die Mutter. „Es hat für ihn gewissermaßen keinen Werth, wenn Du es nicht mitbesitzest."

„Aber woher weißt Du Das so bestimmt, Mama?

„Woher soll ich es wissen? Die fragliche Person hat es mir selbst gesagt."

„Mit so kurzen, klaren Worten?"

„O nein, er brauchte deren weit mehr," rief Mistreß Powle lachend.

Es trat ein mehrere Minuten dauerndes Schweigen ein, dann begann Eleanor's Mutter wieder:

„Nun, was sagst Du zu diesem Antrage? Mr. Carlisle wird heute Abend hierher kommen, um Antwort zu hören."

„Er gefällt mir ganz gut, Mama," sagte Eleanor nach einer abermaligen Pause, „aber er gefällt mir nicht genug."

„Unsinn! Du wirst doch nicht die Gelegenheit verschmähen, Lady Rythdale zu werden?"

Das Schweigen, welches nun folgte, war länger, als das vorhergegangene. Messer und Bleistift setzten ihre Arbeit weiter fort, Mistreß Powle aber blickte zuweilen verstohlen von ihrem Papier auf und sah, daß Eleanor's Stirn sich runzelte, und daß ihr Bleistift sich unter dem Einfluß von noch etwas Anderem als Kunst bewegte.

An dem inneren Auge des jungen Mädchens zogen allerhand blendende Visionen vorüber. Ihr Vater war, obschon ein wohlhabender Gutsbesitzer, doch nicht von Adel. Ivy Lodge war allerdings eine sehr schöne Besitzung, aber die stundenweit reichenden Fluren von Rythdale Priorei waren damit nicht zu vergleichen.

„Er wird heute Abend hierher kommen, um Antwort zu hören, Eleanor," bemerkte Mistreß zum zweiten Male.

„Dann mußt Du sie ihm geben, Mama."

„Nein, Das werde ich nicht. Du mußt ihn selbst sprechen."

„Aber, Mama, wie kann ich ihm eine Antwort geben, wenn ich noch gar nicht weiß, was ich ihm antworten soll?"

„Nun, dann sage ihm Dies; er wird seine eigenen Schlüsse ziehen, und Dich dieselben unterschreiben lassen."

„Ich mag mich aber zu keiner Unterschrift nöthigen lassen."

„Nun, dann thu' es freiwillig," sagte Mistreß Powle lachend. „Auf eine oder die andere Weise muß es geschehen. Wenn ich an Deiner Stelle wäre, würde ich keine so langen Umstände machen. Ist es denn ein so schweres Loos, Lady Rythdale zu sein?"

Eleanor gab keine Antwort, und es ward nicht eher wieder Etwas über dieses Thema gesprochen, als bis Beide mit einander das Zimmer verließen und Mistreß Powle bedeutsam sagte:

„Du mußt Deine Antwort selbst geben, Eleanor, und zwar heut' Abend noch. Nur keine Duckmäuserei."

Es stand aber gleichwohl nicht in Mistreß Powle's Macht, einem gewissen Grade von Duckmäuserei vorzubeugen.

Eleanor schloß sich nicht in ihr Zimmer ein, sondern verließ es spät am Nachmittage, als sie wußte, daß die Gesellschaft schon aus mehr als einer Person bestand, und trat in das leidlich gefüllte Gesellschaftszimmer.

Mistreß Powle hatte nicht gewünscht, es so zu haben, aber diese Dinge gestalten sich ein Mal nicht immer unsern Wünschen gemäß.

Miß Broadus war da, ferner Dr. Cairnes mit einigen Freunden, welche bei ihm und seiner Schwester auf Besuch waren, und einige andere Nachbarn.

Eleanor trat ein, ohne sonderlichen Gebrauch von ihren Augen zu machen, und flüchtete sich sofort unter Miß Broadus' Flügel, weil dies die erste Person war, mit der sie zusammengerieth.

Zwei Paar Augen sahen ihren Eintritt, und zwar sonderbarer Weise mit einem und demselben Gedanken, nämlich: „Sie wird eine reizende Lady Rythdale sein.“

Alle Damen dieses Hauses waren wegen ihrer Schönheit berühmt gewesen, und der Erbe des Hauses sagte sich selbst, daß diese nicht die am wenigsten Reizende sein würde.

Eleanor wußte aber gar nicht ein Mal gewiß, ob er da war, so fern hielt er sich, und sie knüpfte mit Miß Broadus ein Gespräch an, dessen Stoff unerschöpflich zu sein schien.

Stand zu erwarten, daß sie Lady Rythdale werden würde? Sie war bis jetzt noch nicht mit sich einig, ausgenommen in so weit, daß es für sie eben so schwierig sein würde, Ja als Nein zu sagen.

Natürlich fürchtete sie, genöthigt zu werden, irgend Etwas zu sagen, und griff daher nach jenem Auskunftsmittel, um diesen Augenblick so weit als möglich hinauszuschieben.

So lange sie mit Miß Broadus plauderte, war sie sicher; eine Conversation kann aber nicht ewig dauern, selbst nicht zwischen redseligen Damen.

Eleanor bemerkte endlich, daß die Quelle der Unterhaltung allmälig versiegte, und suchte nun eine wei=

tere Zuflucht darin, daß sie eine Partie Schach in Vorschlag brachte.

Eine Partie Schach war nun für Miß Broadus ein ganz besonderer Genuß, und da ihre Schwester, Miß Juliana, dieses Spiel verabscheute, so ward der Genuß selten verwirklicht. Die beiden Schwestern stimmten in allen Dingen überein, ausgenommen in einigen Geschmacksrichtungen, und vielleicht gab eben dieser Mangel an Harmonie ihrem Leben die Abwechselung, deren es bedurfte.

Jedenfalls ward ein solches Anerbieten, wie Eleanor jetzt machte, von der älteren Schwester kaum je zurückgewiesen, und die beiden Damen versenkten sich bald tief in ihre Aufgabe, die Eine wirklich, die Andere anscheinend, obschon Eleanor alles Mögliche aufbot, um das Spiel nicht so bald zu Ende kommen zu lassen.

Das Spiel hatte schon eine ziemliche Weile gedauert, als Eleanor plötzlich bemerkte, daß ein Tritt sich dem Schachtische näherte, und dann, daß Mr. Carlisle neben ihrem Stuhle stand.

„Kommen Sie nur nicht etwa zu Hilfe," sagte Miß Broadus mit nachdenklicher Miene und eine Figur zwischen Zeigefinger und Daumen haltend.

„Warum denn nicht?"

„Ich spiele meine Partie," entgegnete Miß Broadus, ohne die Augen vom Brete zu verwenden, „aber wenn Sie mit gegen mich zu Felde ziehen, dann bin ich sofort verloren.“

„Warum sollte ich denn Partie gegen Sie nehmen?“

„Nun, es ist ein Mal so der Welt Lauf, glaube ich. Ich finde überhaupt jetzt nicht mehr, daß Jemand Partie für mich nähme.“

„Finden Sie, daß Miß Powle gut spielt?“

„Früher spielte sie gerade nicht sonderlich, heute Abend aber spielt sie ausgezeichnet.“

Das Spiel hatte noch eine Weile seinen Fortgang, bis endlich Miß Broadus, durch Mr. Carlisle's Gegenwart angespornt, ihre ganze Geübtheit zu entwickeln, Eleanor matt setzte.

Nachdem Dies geschehen, erhob sie sich vergnügt und entfernte sich in der Voraussetzung, daß ihre Gegenwart hier nicht länger nöthig oder erwünscht sei.

„Wollen Sie eine Partie mit mir machen?“ fragte Mr. Carlisle, indem er den Stuhl einnahm, welchen Miß Broadus so eben verlassen.

„Ja,“ sagte Eleanor, nach jedem Vorwand greifend, um Das, was sie fürchtete, hinauszuschieben; „aber ich spiele, wie Sie schon von Miß Broadus gehört haben, nicht sonderlich. Ich werde Ihnen kein großes Amüsement gewähren.“

„Das soll mir weiter nicht leid thun, vorausgesetzt, daß es wahr ist. Ich sehe es nicht gern, wenn Frauen gute Schachspieler sind."

„Aber warum nicht?

„Das Schach ist ein Spiel der Berechnung, der List, der Schlauheit. In diese Künste dürfen die Frauen nicht eingeweiht sein."

Er blickte, indem er Dies sagte, in das schöne, offene Antlitz gegenüber empor. Von Berechnung, List und Schlauheit war darin keine Spur zu sehen, und Dies gefiel ihm. Es gefiel ihm auch, daß die Fransen der Augen sich über dieselben herabsenkten, und daß die Farbe der Wangen so blühend war.

„Aber dennoch sagt man, daß Niemand den Frauen an List und Schlauheit gleichkomme, wenn sie es ein Mal darauf abgesehen haben," sagte Eleanor.

„Nun, dann erproben Sie Ihre Geschicklichkeit," sagte Mr. Carlisle. „Sie haben den ersten Zug."

Das Spiel begann, und Eleanor gab sich alle Mühe, war aber doch nicht im Stande, mit derselben Kaltblütigkeit zu spielen, mit der sie sich gegen Mr. Broadus gewehrt. Die wohlgebildete, kräftige Hand mit dem dazu gehörigen Rockärmel — denn Dies war Alles, was sie während des Spiels von ihrem Gegner sah, zerstreute Eleanor's Gedanken, denn sie konnte nicht vergessen, wem diese Hand gehörte.

Sie entwickelte auf dem Gebiete der List, Schlauheit und Berechnung durchaus keine große Virtuosität und wußte recht wohl, daß ihr Gegner der Partie mehr als ein Mal ein Ende hätte machen können, wenn er sonst gewollt hätte. Aber immer noch nahm das Spiel kein Ende. Es war ein sehr schweigsames.

„Sie spielen mit mir, Mr. Carlisle,“ sagte sie endlich.

„Nun, und was thun Sie denn mit mir?“

„Ich kämpfe gar nicht, und zwar, weil ich nicht kann. Warum setzen Sie mich nicht matt und machen dem Spiel ein Ende?“

„Wie könnte ich Das?“

„Ich weiß dies allerdings nicht, aber Sie wissen es wahrscheinlich. Es kann für Sie nicht sehr interessant sein, einen solchen Mitspieler zu haben.“

Mr. Carlisle gab hierauf keine Antwort, sondern that einen Zug. Eleanor that hierauf ebenfalls einen, und der nächste Zug war der letzte.

Eleanor begann die Figuren einzupacken und fühlte sich in mehr als einer Beziehung geschlagen. Sie hatte nicht gewagt, die Augen höher zu heben, als bis zu jenem Rockärmel, und sie wußte gleichzeitig, daß sie selbst gänzlich übersehen worden. Diese selben

Finger halfen ihr jetzt die Figuren in das Kästchen legen und ordneten dieselben besser, als sie that.

„Ich möchte Ihnen gern einige kleine Wohnhäuser zeigen, die ich jenseit des Rythdale-Thurmes gebaut habe,“ sagte der junge Mann. „Wollen Sie morgen mit mir einen Ritt dorthin machen?“

Er wartete auf die Antwort, welche Eleanor zögerte zu geben. Nein konnte sie aber nicht sagen, und deßhalb stammelte sie endlich ein leises Ja. Dieses Ja war so leise, daß es eben dadurch bedeutsam ward. Eleanor wußte Dies, Mr. Carlisle fuhr aber in demselben Tone fort: „Zu welcher Stunde: Vielleicht um Elf?“

„Ja,“ sagte Eleanor, nachdem sie wieder gezögert.

„Ich danke Ihnen.“

Er fuhr fort, ihr die Schachfiguren aus den Fingern zu nehmen und gemächlich in das Kistchen zu ordnen, dann erhob er sich, verneigte sich und verließ das Haus.

Eleanor sah, daß er auf dem Hinauswege keine weitere Unterredung mit ihrer Mutter hatte, und sie begab sich, um allen neugierigen Fragen von dieser Seite auszuweichen, so rasch und still als möglich auf ihr Zimmer. In dieses eingetreten, verschloß sie die Thür und ging dann nachdenklich auf und ab.

Sie hatte in der That ihre Antwort gegeben, indem sie eingewilligt, den Spazierritt mitzumachen, das wußte sie. Sie wußte auch, daß Mr. Carlisle es so genommen; sie hatte es daran errathen, daß er sich erlaubte, mit seinen Fingern ein Wenig die ihrigen zu berühren, als er ihr die Schachfiguren abnahm.

Nichtsdestoweniger fühlte sie sich durchaus nicht vollkommen bereit, gerade jetzt seine Gattin zu werden. Sie war noch nicht bereit dazu.

Gern hätte sie einen Ausweg ausfindig gemacht. Es wäre ihr lieb gewesen, wenn das Spiel noch eine Weile so fortgegangen wäre und sie die Freiheit behalter hätte, gemüthlich und mit Muße zu einem Entschlusse zu kommen. Es lag ihr Nichts daran, so bald schon Herrin von etwas Anderem zu werden, als von ihrer eigenen Person.

Sie erwartete, daß ihre Mutter sie aufsuchen würde, diese aber war viel zu klug dazu. Sie hatte die Miene der beiden jungen Leute bemerkt, als dieselben das Gesellschaftszimmer verließen, und obschon sie allerdings gern einige Aufklärung über Das, was sie zu wissen wünschte, gehabt hätte, so begnügte sie sich doch damit, die Sache im Zuge zu lassen.

Sie war der Ansicht, daß Mr. Carlisle selbst Manns genug sei, um seine Angelegenheiten zu führen, und ging sehr befriedigt zu Bett, während Eleanor, als sie fand, daß ihre Mutter nicht kam, sich endlich ebenfalls schlafen legte.

In ihrem Herzen regte sich ein Gemisch von Freude, Schmerz und Verdruß, von welchen Gefühlen das letztere das vorherrschende war. In noch höherem Grade würde Dies der Fall gewesen sein, wenn sie gewußt hätte, welchen Wink ihre Mutter Mr. Carlisle gegeben, als dieser sie am Abend gefragt, was für Neuigkeiten sie für ihn hätte. Mistreß Powle hatte ihn nämlich lächelnd an Eleanor selbst verwiesen und dabei hinzugefügt, dieselbe sei eben so aufgewachsen, wie ihre Schwester Julie, so daß sie etwas eigenwillig geworden sei und des Zähmens bedürfe.

Als Eleanor am nächsten Morgen in das Frühstückszimmer hinunter kam, sah sie fast allerdings auch so aus. Die Farbe ihrer Wangen war lebhaft, und ihre schönen Lippen verzogen sich nicht zu dem ihnen sonst eigenen schalkhaften Lächeln.

Es war, nachdem sie ihre häuslichen Verrichtungen beendet, Zeit, sich zu dem beabsichtigten Ausritt anzukleiden, und sie that Dies. Welchem Antrieb sie gehorchte, als sie die Feder von ihrem Reitmützchen herunterriß, hätte sie selbst nicht zu sagen vermocht. Es war eine lange, breite schwarze Feder, die ihr während des Reitens oft über das Gesicht herabfiel und dasselbe beschattete. Ihre Mütze war nun eben so, wie ihr ganzer Anzug, die Einfachheit selbst; wenn sie aber glaubte, Mr. Carlisle dadurch eines Vergnügens zu berauben, so verrechnete sie sich. Die kleine, knapp anschließende, schmucklose Mütze machte ihr schönes Haar und ihre anmuthigen Züge nur um so besser sichtbar.

Ihre Mutter hatte während des ganzen Morgens ein discretes Schweigen beobachtet, nichtsdestoweniger aber fürchtete Eleanor immer noch, daß sie Fragen an sie richten möchte, und floh, um der Beantwortung derselben auszuweichen, sobald sie mit ihrer Toilette fertig war, aus ihrem Zimmer in den Garten.

Dieser Garten, in welchen das ehemalige Schulzimmer führte, war Eleanor's specielles Eigenthum; kein anderes Mitglied der Familie war darin zu finden. Sie arbeitete darin und hielt ihn größtentheils selbst in Ordnung.

Der Thau hing noch an den Blättern, und die Luft war erfüllt von dem Dufte der Blumen. Eleanor dachte an die innig geliebte lange Freiheit, welche sie hier in ihrem Garten genossen, sie erinnerte sich, wie freudebringend diese Freiheit für sie gewesen, und dennoch konnte sie sich nicht entschließen, das Wort zu sprechen, durch welches sie sich diese Freiheit auch für die Zukunft sichern konnte.

So wandelte sie in den Gängen umher, pflückte mit der einen Hand einige Nelken und raffte mit der andern ihr Reitkleid empor.

So fand ihre kleine Schwester sie.

„Wie, Eleanor, Du willst mit Mr. Carlisle ausreiten?"

„Ja."

„Nun, er ist da. Er hat für Dich den prachtvollsten Rappen mitgebracht, den Du je gesehen. Papa sagt, es sei ein herrliches Thier."

„Ich habe aber meinen Pony satteln lassen," sagte Eleanor.

„Nun, der Pony ist da, der Rappe aber auch. Komm' nur, Eleanor, komm' nur!"

Eleanor wollte nicht durch das Haus gehen, um erst mit ihrer Mutter oder ihrem Vater zu sprechen, sie schlug daher den Weg durch die Anlagen ein, der mit vielen Krümmungen und Windungen endlich auf den Rasenplatz vor dem Hause herausführte.

Im Grunde genommen aber hätte Eleanor gar nicht in vortheilhafterer Weise auf der Bühne erscheinen können. Aus dem grünen Rahmen des Gebüsches trat ihre vortheilhafte Gestalt, in das dunkelfarbene Reitkleid drapirt, mit den Blumen in der einen, den Falten des Kleides in der andern Hand, hervor und war auf diese Weise ein angenehmer Gegenstand für mehrere Augenpaare, welche sie beobachteten, denn Julie war so gefällig gewesen, zu melden, von welcher Richtung die Erwartete herkäme.

Eleanor sah aber von Allen blos Mr. Carlisle, welcher zu ihrem Empfange bereit stand.

Vielleicht hatte er Zuschauer eben so ungern, als sie, denn er grüßte, die Mütze abnehmend, so kalt, als ob Eleanor eine fremde Person gewesen wäre.

„Ich habe den Rappen mitgebracht. Wollen Sie mir die Ehre erzeigen, ihn zu versuchen?“ fragte er.

Eleanor sagte nicht Nein, denn sie sagte überhaupt gar Nichts. Zögern und Verlegenheit waren die beiden angenehmen Gefühle, welche sie beherrschten und ihr den Mund schlossen. Sie stand vor dem herrlichen, stolzen Thiere, sah es an und senkte die Blicke dann zu Boden.

Mr. Carlisle nahm ihr die Blumen sanft aus der Hand in seine eigene, gab ihr dann die Zügel des Rappen und hob sie in den Sattel.

Eine Minute später waren sie fort und nicht mehr zu sehen.

Selbst in diesem kurzen Augenblick, wo Mr. Carlisle die Zügel, die er dem Groom abgenommen, ihr in die Finger drückte, fühlte sie wieder Dasselbe, was sie gestern Abend gefühlt — den Ausdruck von etwas Neuem zwischen ihnen. Sie befand sich in einem sehr getheilten Gemüthszustande.

„Es giebt zwei Wege nach der Spitze des Thales," sagte Mr. Carlisle. „Wollen wir den Umweg über die Priorei machen, oder über den Moor reiten?"

„Ueber den Moor," sagte Eleanor.

Hier gab es meilenweit eine ebene, glatte Straße. Hier konnte in jedem Schritt geritten werden und Eleanor folglich ein Gespräch fernhalten. Sobald man daher die letzten menschlichen Wohnungen im Rücken hatte, gab Eleanor ihrem Rappen heimlich zu verstehen, daß er so schnell laufen könne, wie ihm beliebe.

Dem Rappen schien Dies gerade recht zu sein, denn er griff auf eine Weise aus, wie es Eleanor noch nie vorgekommen. Leicht wie der Wind saus'ten sie über die Ebene. Die Luft war frisch, die Bewegung erzeugte Fächeln, und Eleanor fühlte sich ungemein erheitert, um so mehr, als es ihr Vergnügen machte, auf diese Weise Mr. Carlisle den Mund gestopft zu haben, obschon er nicht hinter ihr zurückblieb. Sein Pferd war eben so flink, als das ihrige, und mochte der Rappe fliegen, wie er wollte, so blieb sein brauner Begleiter ihm doch stets zur Seite.

Allmälig kam der Rappe immer mehr in die Hitze, und Eleanor's Zügel war nicht mehr im Stande, seinen Flug zu mäßigen. Sie konnte kaum sehen, wie sie entlang saus'ten.

„Geht Das Ihnen nicht zu rasch?" fragte Mr. Carlisle ruhig.

„Ja, ein Wenig, aber ich kann ihn nicht bändigen," antwortete Eleanor, ärgerlich, dies Geständniß thun zu müssen, und noch ärgerlicher, als einige Worte ihres Begleiters den tollen Galopp des wilden Thieres sofort in einen sehr gesetzten und bequemen Trab verwandelten. So gesetzt und ruhig war dieser Trab, daß er für eine Conversation kein Hinderniß sein konnte. Eleanor bedachte aber, daß sie doch nicht fortwährend galoppiren könne, und die über den Moor führende Straße war ohnehin fast zu Ende.

„Wie gefällt Ihnen der Rappe?" fragte Mr. Carlisle.

„Es ist ein herrliches Thier," antwortete Eleanor.

„Er muß seine Herrin kennen lernen," fuhr Mr. Carlisle fort, indem er sich wieder vorwärts neigte und die Zügel des Rappen durch die Finger zog. „Halten Sie ihn ein Wenig kürzer, und sprechen Sie zu ihm, wenn er Ihnen wieder nicht gehorchen will."

Eleanor ward feuerroth, aber sie gab keine Antwort. Dennoch wußte sie, daß Schweigen auch eine Antwort ist. „Wie konnte," fragte sie sich im Stillen,

Mr. Carlisle schon Alles so als ausgemacht annehmen?"

„Reiten Sie immer mit so schlaffem Zügel?" hob Mr. Carlisle wieder an.

„Ich weiß es selbst nicht — ich denke nie daran. Mein Pony ist vollkommen sicher."

„Das ist der Rappe auch, was nämlich die Füße betrifft. Im Allgemeinen aber ist es gut, wenn man Allem, was uns untergeben ist, die Hand des Gebieters fühlen läßt."

„Daß Du Dies thust, daran zweifle ich nicht," dachte Eleanor und biß sich auf die Lippen. Gern hätte sie ihr Pferd wieder in Galopp gesetzt. Man kam aber so eben auf einen schmalen, unebenen Weg, wo Galoppiren unzulässig war. Dieser Weg zog sich zwischen Gestein und gebrochenem Terrain nach einer tieferen Ebene hinab, dem oberen Theile des Thales des Ryth, eines schönen, klaren kleinen, Flusses, der ein fruchtbares Wiesenland durchschnitt.

Hier befanden sich die neuen Wohnhäuser, von welchen Mr. Carlisle gesprochen. Sie sahen sehr malerisch und auch sehr einladend aus und standen zu beiden Seiten des Flusses, über welchen eine einfach ländliche Brücke geschlagen war.

Jedes Haus hatte seine Umfriedigung und war von grauem Bruchstein erbaut, mit tief herabgehenden

Dächern und kleinen, blanken Fenstern. Kein Rauch stieg aus den Schornsteinen auf, und Niemand war drinnen oder außerhalb zu sehen.

„Ich bedarf hier einige Hilfe von Ihnen," sagte Mr. Carlisle. „Gefällt Ihnen die Lage?"

„Die Lage ist herrlich," entgegnete Eleanor mit aufrichtiger Bewunderung, „und auch diese Häuser gefallen mir sehr."

„Wollen Sie absteigen und sich die Sache ein Wenig näher ansehen? Wir wollen erst über die Brücke reiten."

Vor einem der Häuser hielten sie ihre Pferde an. Eleanor hatte die schönste Lust, von dem Rappen herunterzuspringen, wie sie gewohnt gewesen, dies von ihrem Pony zu thun, aber sie wagte es nich . Gestern würde sie es noch gewagt haben, aber heute lag in Mr. Carlisle's Benehmen gegen sie eine kleine, nicht wohl zu beschreibende Veränderung, die ihr einen gewissen Zwang auflegte.

Mr. Carlisle stand neben dem Rappen, mit Eleanor's Nelken in dem Knopfloch seines weißen, kurzen Rockes, während er dem Groom einen Befehl ertheilte — Eleanor hörte nicht, was für einen, denn ihre Gedanken waren auf etwas Anderes gerichtet.

Dann drehte er sich nach ihr herum und hob sie herab, während dasselbe unbeschreibliche Thun und Wesen allen ihren Sinnen sagte, daß er Roß und Dame, Eins wie das Andere, als sein Eigenthum betrachtete.

Eleanor empfand Stolz, Aerger, Scham und Vergnügen. Ihr Sinn war zwischen verschiedene Gefühle getheilt. Mr. Carlisle lenkte aber ihre Aufmerksamkeit nun auf die Häuser.

Es war unmöglich, dieselben nicht zu bewundern. Das Aeußere war außerordentlich heimisch und hübsch, und im Innern gab es noch mehr, was Bewunderung erregen mußte. Nett eingerichtet und sauber ausgestattet, sahen sie wie sehr wünschenswerthe Wohnungen für Leute von bescheidenen Mitteln, aber gebildetem Geschmack aus.

Mr. Carlisle führte Eleanor aus dem einen in das andere, und nachdem er ihr durch das Spalierfenster einer kleinen, netten Küche die Aussicht gezeigt, bat er sie um ihr Urtheil.

„Es ist Alles ganz vortrefflich," sagte Eleanor. „Diese Wohnungen lassen Nichts zu wünschen übrig. Nie habe ich so nette kleine Häuser gesehen. Wohnt noch Niemand darin?"

„Wäre vielleicht noch eine Verbesserung anzubringen?"

„Ich wüßte nicht, welche," entgegnete Eleanor. „Es fehlt ihnen weiter Nichts, als Bewohner."

„Und dieser Punkt ist es eben, in Bezug auf welchen ich Ihres Beistandes bedarf. Kennen Sie vielleicht einige gute arme Familien, welchen Sie eine solche Wohnung verschaffen möchten?“

Eleanor besann sich sofert auf zwei oder drei solcher Familien unter den ihr befreundeten Armen, denn sie war sehr wohlthätig und kannte viele Leute aus den unteren Klassen in ihrer Nachbarschaft. Wieder aber kämpfte sie mit zwei verschiedenen Gefühlen, denn die Frage war nicht im Tone eines Compliments, sondern mit dem Ausdrucke einer einfachen Frage um guten Rath gestellt worden. Eleanor erröthete daher und zögerte, bis die Frage wiederholt ward.

„Ja, ich glaube einige solche Leute zu kennen, die auch sehr gern hierher ziehen würden, Mr. Carlisle,“ sagte sie.

„Wer sind diese?“

„Die eine ist Mutter Benson, welche mit Mühe und Noth ihre acht Kinder ernährt.“

Mr. Carlisle zog sein Notizbuch heraus.

„Ferner möchte ich Joe Shepherd und sein Weib in Vorschlag bringen. Dies ist aber ein altes Ehepaar, und Sie wollen vielleicht keine alten Leute hier haben.“

Er blickte von seinem Notizbuch auf mit einem Lächeln, welches Eleanor wieder das Blut in die

Wangen emportrieb und für den Augenblick alle ihre Gedanken verscheuchte.

„Setzen Sie sich doch ein Wenig," sagte er, indem er sie bei der Hand ergriff und auf einem Stuhle am Fenster Platz nehmen ließ. „Sie müssen eine kleine Erfrischung zu sich nehmen, ehe wir weiter reiten."

Er verließ das Haus, und Eleanor schaute, sich auf die Lippen beißend, zu dem offenen Fenster hinaus. Die Luft wehte weich und duftig herein und schien den Aerger hinwegzublasen. Eleanor war aber sehr ärgerlich auf sich selbst. Jeden Augenblick machte sie Zugeständnisse, während sie sich doch vorgenommen, auch nicht ein einziges zu machen. Sie wollte ihre alte Freiheit behaupten, oder wenn sie darüber verfügen mußte, dies doch mit Muße thun; wenigstens wollte sie sich dieselbe nicht nehmen lassen.

Plötzlich aber stand Mr. Carlisle wieder neben ihr, und Einer seiner Diener brachte Teller und Gläser. Der Imbiß ward auf dem kleinen Tisch aufgetragen, vor welchem Eleanor saß, und Mr. Carlisle nahm ebenfalls Platz.

„Wir wollen dem Haus wenigstens ein Mal die Ehre erzeigen," sagte er lächelnd; „die Zukunft wird werden, wie die Bewohner es verdienen. Soll dieses hier Einem Ihrer Schützlinge gehören?"

„Ich besitze nicht die Gabe des Prophezeiens," sagte Eleanor.

„Dafür aber besitzen Sie eine andere Gabe, welche eben so viel Werth hat. Wenn Sie irgend eine Wahl haben, so wählen Sie die Häuser, in welchen Joe Shepherd, Mutter Benson oder sonst Jemand Ihnen danken soll, und ich werde demgemäß die Thüren bezeichnen lassen. Also, was bestimmen Sie?"

Eleanor mußte sprechen.

„Ich glaube, dieses hier hat die schönste und angenehmste Lage," sagte sie, wieder tief erröthend; „das Haus aber, welches am Höchsten thalaufwärts steht" —

„Nun, was ist mit diesem?" fragte Mr. Carlisle lächelnd.

„Dieses wäre für John Shepherd am Besten — wegen seines Berufs. Es ist dem Gemeindeanger am nächsten."

„Joe Shepherd soll es haben. Jetzt werden Sie mir den Gefallen thun, Dies da zu essen," sagte er, indem er ihr ein Stück kaltes Wildpret auf den Teller legte. „Sehen Sie es nicht an, sondern essen Sie es. Ihr Tagewerk ist noch keineswegs beendet."

Essen war leichter, als Nichtsthun, und eben so war es für Eleanor leichter, den Blick auf den Teller zu heften, als auf ihre Nelken in dem Knopfloche des weißen Rockes. Demgemäß aß sie gehorsamlich.

„Es ist ein ungewöhnlich schöner Tag heute. Wie wäre es, wenn wir das Thal bis zur alten Priorei zu Fuße hinuntergingen und die Pferde dorthin bringen ließen?“

„Ich bin dazu bereit,“ sagte Eleanor, und sie war es auch, denn sie schämte oder fürchtete sich, zu sagen, daß sie auf dieselbe Weise, wie sie gekommen, wieder über den Moor zurückzugaloppiren wünschte. Ein langer Spaziergang das Thal hinab gab allerdings die schönste Gelegenheit zu Allem, was sie in Bezug auf Conversation fürchtete, indessen der Befehl wegen der Pferde ward ertheilt, und der Spaziergang begann.

Der Weg war anfangs eine Fortsetzung des Thales, in welchem die neuen Häuser standen, unkultivirt, aber romantisch und angenehm. Die Entfernung bis zu Barton's Thurm war eine ziemlich bedeutende.

Der Ryth, der hier nicht so breit war, wie er weiter unten ward, durchschnitt die blumige Wiese. Hier und da führte eine plumpe Brücke darüber, und Mr. Carlisle und seine Begleiterin wanderten gemächlich das Thal hinab und machten kurze Bemerkungen über alles Mögliche, nur nicht über Das, was Eleanor fürchtete.

Es war ein langer Spaziergang, und es dauerte einige Zeit, ehe sie den alten Thurm erreichten, von wo an eine lange Reihe buntwechselnder Scenerie zwischen ihnen und den Ruinen der alten Priorei lag.

Eleanor begrüßte mit Freuden jede Unebenheit des Bodens oder schwierige Stelle, welche ein zusammenhängendes Gespräch unmöglich machte, und freute sich nicht wenig, als sie endlich die grauen Mauern der Priorei erblickte, wo sie ihre Pferde wieder treffen sollten. Saß sie nur erst wieder im Sattel, so war schon dies eine große Herzenserleichterung.

Die Pferde waren aber noch nicht da, und Eleanor und Mr. Carlisle schlenderten in die Ruine hinein. Sie gingen den ehemaligen Kreuzgang der Kirche hinauf, der jetzt mit einem weichen, glatten Rasenteppich belegt war.

„Die Priorei," sagte Mr. Carlisle, „ward vor langer Zeit von einem der ersten Lords von Rythdale gegründet, weil derselbe im Zweikampfe seinen eigenen Bruder erschlagen hatte. Wahrscheinlich ward selbst in jenen rauhen Zeiten sein Gewissen dadurch beunruhigt."

„Und er baute die Kirche, um es zu beschwichtigen?"

„Ja, er baute die Kirche und gründete das Kloster und schenkte diesem die ganzen Fluren, durch die wir heute gekommen sind, und noch weit mehr, namentlich einträgliche Rechte über Berg, Thal und Moor. Wir haben aber im Laufe der Zeit und in Folge von allerlei günstigen Zufällen so ziemlich Alles wieder zurückbekommen.

„Was ist denn Das hier gewesen?" fragte Eleanor, indem sie sich auf einen großen, alten Steinblock setzte.

„Dies war, wie die Sage erzählt, der Grabstein eben jenes erschlagenen Lord von Rythdale, doch halte ich es nicht für wahrscheinlich. Sie können sich indessen ihn hier liegend denken, angethan mit dem Harnisch, welchen er bei Lebzeiten trug, und wahrscheinlich die Hände zu dem Gebet gefaltet, welches durch sein Leben wünschenswerth gemacht worden."

„Er hatte nicht den Helm," dachte Eleanor.

Sie stand auf, um den Stein zu betrachten, aber es war keine Spur von dem Bilde eines geharnischten Ritters darauf wahrzunehmen. Es war schon zu lange her.

„Und jene alten Mönche thaten weiter Nichts, als daß sie beteten?" hob sie dann an.

„Und noch einiges Andere," entgegnete ihr Begleiter, „wenn nämlich wahr ist, was man erzählt. Gebetet ward von ihnen allerdings viel, und es war auch ihre Hauptaufgabe, Messen für die alte steinerne Figur zu lesen, welche hier zu liegen pflegte. Sie wurden gut dafür bezahlt, und ich will hoffen, daß sie es auch wirklich thaten."

„Diese Leute müssen hier an diesem schönen Orte ein angenehmes Leben geführt haben," sagte Eleanor nachdenklich.

„Haben Sie vielleicht auch Lust, in ein Kloster zu gehen?" sagte Mr. Carlisle lächelnd.

Eleanor ward durch diese Frage wieder zu dem Selbstbewußtsein, welches sie für den Augenblick vergessen, zurückgerufen, und sie stand erröthend und verlegen da.

Dies Mal aber ließ Mr. Carlisle sie nicht los, sondern faßte sie bei beiden Händen.

„Glauben Sie, ich werde mich immer mit blos negativen Antworten von Ihnen begnügen?" sagte er in verändertem Tone. „Was haben Sie mir zu sagen?"

„Nichts, Mr. Carlisle," entgegnete Eleanor mit sich selbst kämpfend.

„Hat Ihre Mutter Ihnen meine Wünsche mitgetheilt?"

„Ja."

„Und wie lauten die Ihrigen?"

Sie zögerte, aber er wartete, und endlich sagte sie, indem ein gewisser Grad ihrer sonstigen Freimüthigkeit zum Durchbruch kam, aber immer noch in ihrem ersten sanften Tone:

„Ich möchte es sein lassen.“

„Aber gesetzt, dies könnte nicht geschehen — würden Sie mich fortschicken, oder mir erlauben, mich Ihnen zu nähern?“

Fortschicken konnte Eleanor ihn nicht. Er hielt ihre Hände sanft und doch fest. Sie fühlte, daß er seine Macht über sie kannte, und senkte verlegen die Augen zu Boden.

„Sprich, Geliebte,“ sagte er, „bist Du mein?“

Eleanor senkte das Köpfchen noch tiefer, antwortete aber leise:

„Ich glaube es.“

Nun wurden ihre Hände losgelassen, aber blos, damit sie selbst in desto sicherern Besitz genommen würde. Sie hatte sich ergeben, und Mr. Carlisle's Art und Weise verkündete, daß es sowohl sein Recht als sein Vergnügen war, ihre Wange zu berühren.

Eleanor konnte es nicht streitig machen. Sie wußte, daß Mr. Carlisle sie liebte, aber dennoch glaubte sie, das Gefühl der Macht habe große Reize für ihn, eben so wie jetzt die Ausübung derselben.

„Nun bist Du mein,“ sagte er. „Du bist mein, Du bist Eleanor Carlisle. Aber Du hast noch kein Wort zu mir gesprochen. Wie heiße ich?“

„Carlisle," stammelte Eleanor.

„Ja, aber wie noch?"

„Ich weiß es."

„Aber sprich es auch aus."

Eleanor hatte keine Lust, dies oder sonst Etwas auf Befehl auszusprechen. Eine entschiedene Weigerung schwebte schon auf ihrer Zunge, und ihr Kopf richtete sich plötzlich mit einer allerliebst trotzigen Miene empor.

So begegnete sie dem Blick des jungen Mannes, den klaren braunen Augen, die mit liebendem Ausdruck und lächelnd auf sie gerichtet waren, und ihr Kopf senkte sich wieder, und sie sprach gehorsam die verlangten Worte:

„Robert Macintosh."

Die Küsse, welche ihre Lippen trafen, ehe die Worte noch vollständig ausgesprochen waren, schienen den ganzen Vorgang zu besiegeln.

Eleanor war erbittert auf sich selbst, daß sie nicht mehr ihre eigene Herrin war, während doch die Küsse, die ihr den Mund schlossen, ihr sagten, ein wie hoher Grad von Liebe sich in die Macht ihres Eroberers mische.

Dies ließ sich nicht bestreiten, aber Eleanor's Erbitterung ward dadurch nur zur Hälfte beschwichtigt.

Mr. Carlisle bat sie, sich zu setzen und auszuruhen, während er ginge, um zu sehen, ob die Pferde da wären.

Eleanor setzte sich träumerisch auf den alten Leichenstein und durchschweifte in einem Zeitraum von drei Minuten ungeheure Regionen des Gedankens. Sie dachte an die glänzende Zukunft, die sich ihr eröffnete, aber sie dachte auch an Das, was ihr dann immer noch fehlte, den Harnisch Gottes.

Warum dachte sie jetzt daran? Geschah es blos, weil ihr Gemüth sich in jenem unruhigen Zustande befand, welcher Alles, Eins nach dem Andern, auf die Oberfläche kommen läßt, oder hatte dieser Gedanke einen tieferen Grund?

Nicht länger als drei Minuten schweifte Eleanor auf diese Weise im Lande der Träume und Gedanken umher, dann fühlte sie plötzlich zwei Hände auf ihren Schultern und schrak sichtbar zusammen.

Mr. Carlisle neckte sie deßwegen und lachte, dann legte sie ihre Hand auf seinen Arm, und so ward sie nach dem Platze geführt, wo der Rappe stand und auf sie wartete.

Natürlich war sie überzeugt, daß ihre Verlobung sofort der ganzen Welt verkündet werden würde; Mr. Carlisle's Diener mußte es jetzt schon wissen. Es kam

Eleanor vor, als wenn seine Fesseln von Spinnweben ihr an Hände und Füße gelegt wären.

Als Mr. Carlisle ihr den Zügel des Rappen in die Hand gab, wiederholte er, was er schon früher gesagt, nämlich, daß Eleanor ihre Stimme gebrauchen solle, wenn der Zügel keinen Gehorsam erzwänge.

Rasch ging es nun fort, wieder nach Hause zurück.

Hier angelangt, begab sich Eleanor sofort in das Gesellschaftszimmer.

Carlisle folgte ihr. Es war Niemand weiter da.

„Was hast Du mir zu sagen, Eleanor?" fragte er, indem er ihre Hand ergiff, um Abschied zu nehmen.

„Gar Nichts, Mr. Carlisle," entgegnete Eleanor.

„Willst Du mir nicht ein freundliches Wort mit auf den Weg geben?"

„Nein, denn wenn es nach mir ginge," sagte Eleanor, indem sie sich krampfhaft mit ihrer Reitgerte auf das Kleid schlug, „so bliebe ich noch lange meine eigene Herrin."

„Soll ich Dir Deine Freiheit zurückgeben?" fragte er, indem er sie in seine Arme zog.

Eleanor schwieg. Die Umarmung gab keine solche

Absicht kund. Er senkte den Kopf tiefer und sagte leise:

„Küsse mich, Eleanor.

Es war, wie vorher, ein Gemisch von Liebe und Zwang, was sie besiegte. Sie wußte, was sie gab, aber weigern wollte sie sich halb nicht, halb wagte sie es nicht.

„Du kleine Hexe!“ sagte er, indem er von den eben gestatteten Lippen Besitz nahm, ich werde Dich für Deine Widerspenstigkeit strafen und zwar dadurch, daß ich Dich recht bald heimführe und unter meine eigene Leitung nehme.“

Mistreß Powle war in dem Zimmer ihrer Tochter, als diese eintrat. Sie hatte sie hier erwartet.

„Nun, Eleanor,“ begann sie, „ist die Sache entschieden? Wirst Du Lady Rythdale?“

„Wenn Mr. Carlisle seinen Willen hat, Mama.“

„Und wie lautet denn Dein Wille?“

„Ich habe keinen Willen mehr. Wenn aber Du, Mama, oder er den Tag zu beschleunigen sucht, dann kommt er nimmermehr — nimmermehr!“

Mistreß Powle nahm sich im Stillen vor, die Sache in geschickteren Händen zu lassen, und ging sehr befriedigt von dannen.

Fünftes Kapitel.

In Mutter Williams' Hause.

Die Sache war in geschickten Händen, denn die Tage verstrichen nach jenem verhängnißvollen Ausflug sehr glatt und gleichmäßig. Mr. Carlisle wußte Eleanor fortwährend auf angenehme Weise zu beschäftigen, so daß sie mehrere Wochen lang gar keine Zeit hatte, an etwas Anderes als ihn oder die Dinge zu denken, auf welche er ihre Aufmerksamkeit lenkte.

Nach Verlauf dieser Zeit sah er sich plötzlicher Geschäfte wegen genöthigt, nach London zu reisen.

Nun ward es im Hause sehr still, und Eleanor begann wieder in ihrem Gartenzimmer zu sitzen und zu träumen.

Während sie so eines Tages dasaß, hörte sie

die Stimme ihrer kleinen Schwester, welche schluchzend auf der Thürstufe saß. Sie hatte sie vorher gar nicht bemerkt.

„Julie," sagte Eleanor, „was giebt's?"

Julie wollte es nicht sogleich sagen, stammelte aber dann:

„Mr. Rhys."

„Mr. Rhys! Was ist mit diesem?"

„Er ist krank; er wird vielleicht gar sterben."

„Woher weißt Du, daß er krank ist? Komm', Julie, hör' auf zu weinen und sprich — weßhalb glaubst Du, daß er krank sei."

„Weil er auf dem Sopha liegt und so blaß aussieht, und keine Schule halten kann. Er schickte die Schüler gestern wieder fort."

„Hat er denn einen Arzt?"

„Nein — ich weiß nicht. Doch, ich weiß, daß er keinen hat, denn die alte Frau sagte, er sollte einen rufen lassen."

„Was für eine alte Frau?"

„Nun, die, bei der er wohnt — die alte Williams. Mama sagte, ich könnte etwas Compot und Sago für ihn bekommen, aber es ist Niemand da, der es hintrüge. Foster ist nicht da und Jack hat zu thun, und ich kann Niemanden bekommen."

Juliens Thränen waren vollkommen aufrichtig.

„Na, weine nur nicht, Kind," sagte Eleanor. „Ich will mit Dir selbst hingehen. Ich habe heute ohnehin noch keinen Spaziergang oder Spazierritt gemacht. Komm', mach' Dich fertig, wir wollen es ihm hintragen."

Julie wartete nicht ein Mal, um ihrer Schwester zu danken. Sie hielt überhaupt nie viel auf Ceremonieen und sprang dieser auch jetzt ohne Weiteres davon, um zu thun, wie ihre Schwester gesagt.

Binnen wenigen Minuten waren sie fort, Jede mit einem kleinen Korbe in der Hand. Juliens Thränen wichen der sonnenhellsten Heiterkeit.

Es war überhaupt ein sonniger Tag, gegen das Ende des Sommers und überaus heiß und schwül. Keine der beiden Schwestern achtete jemals auf Wetter irgend welcher Art, nichtsdestoweniger aber wählten sie die schattige Seite der Straße und gingen sehr gemächlich an den Hecken und unter den Buchen und Birken hin, von welchen der ganze Weg nach dem Dorfe mehr oder weniger beschattet ward.

Es war ein langer Weg, schon blos bis zum Dorfe. Das Haus aber, in welchem Mr. Rhys wohnte, stand noch darüber hinaus.

Eleanor war in dem Dorfe, welches fast aus einer einzigen langen Häuserreihe bestand, sehr wohl bekannt, und Mutter Benson kam, als sie die Schwestern erblickte, an ihr Gartenpförtchen heraus und sagte, sie werde in vierzehn Tagen ihre neue Wohnung beziehen.

Eleanor machte sich sobald als sie konnte von dieser und andern Bekannten, von welchen sie ebenfalls angeredet ward, los und ging weiter.

„Es ist gut, daß Mr. Carlisle nach London gereis't ist," sagte Julie. „Er hätte Dir nicht erlaubt, diesen Gang zu thun."

„Warum sagst Du Das, Julie?" fragte Eleanor und fühlte sich verletzt.

„Nun, weil Du ja stets thust, was er Dich heißt" sagte Julie, die immer mit der Sprache gerade heraus ging.

„Aber warum glaubst Du, daß er gerade gegen diesen Gang Etwas einzuwenden gehabt hätte?"

„O, ich weiß es," entgegnete die Kleine. „Ich bin froh, daß er in London ist, und hoffe, daß er dort bleiben wird."

Eleanor antwortete Nichts, sondern schlug mit einer kleinen Ruthe, die sie in der Hand hatte, auf ihr Kleid oder in das Gebüsch hinein.

Dabei achtete sie, über die Wahrheit, welche in Juliens Worten lag, nachdenkend, nicht darauf, daß das Wetter sich plötzlich zu ändern begann.

Eben hatten sie das Dorf hinter sich, als Julie rief:

„Es kommt ein Gewittersturm, Eleanor. Wenn wir nur das Haus erreichen, ehe der Regen losbricht!“

Ohne weiter ein Wort zu verlieren, fingen beide Schwestern an, aus Leibeskräften zu laufen, denn es begannen schon einige Tropfen zu fallen.

„Aber wo willst Du denn hin?“ fragte Eleanor, denn Julie rannte mit einem Male einen Seitenweg durch eine schmale Allee hinab.

„Wir kommen hier näher — dieser Weg führt nach der Hinterseite des Hauses,“ sagte Julie.

Eleanor dachte, man könne eben so gut die Hinter= als die Vorderthür zum Eingange wählen, und somit liefen sie weiter, erreichten bald einen kleinen freien Platz hinter dem Hause und stürzten wie ein kleiner Wirbelwind zu der Thür herein, denn der Regen strömte schon ganz lustig herab.

Das Erste, was Eleanor, als sie ihren Hut abgenommen hatte, sah, war, daß sie sich nicht, wie sie erwartet, in der Küche des Hauses befand. Sie erblickte vielmehr einen Tisch mit Schreibmaterialien, und als sie sich herumdrehte, sah sie den Mann, den sie zu besuchen gekommen, auf einer Art plumpem Sopha mit einem Pfühl unter dem Kopfe ausgestreckt liegen.

Er sah allerdings sehr bleich und verändert aus und hatte sich in einen Schlafrock gehüllt.

Wenn Eleanor überrascht war, so war er es sicher nicht minder. Er erhob sich jedoch, obschon er kaum im Stande war, zu stehen, und empfing seine Gäste mit einer Einfachheit und natürlichen Anmuth, welche zu den Formalitäten des conventionellen Lebens in eigenthümlichem Gegensatz stand.

„Mr. Rhys," stammelte Eleanor, „ich ahnte nicht, daß wir auf diesem Wege so ohne Weiteres in Ihr Zimmer kämen! Ich glaubte, Julie führte mich in den von Mutter Williams bewohnten Theil des Hauses."

„Ich freue mich sehr, Sie zu sehen," sagte er, diese Worte durch das ernst angenehme Gesicht und den innigen Druck der Hand bestätigend. Aber wie krank und abgezehrt sah er aus! Eleanor erschrak förmlich darüber.

„Es fing an zu regnen," hob sie wieder an, „und ich folgte nach, wohin Julie mich führte. Ich dachte, sie brächte mich in die Räumlichkeiten der Hauswirthin. Ich bitte, mich zu entschuldigen."

„Ich habe mir von Mutter Williams diesen Theil des Hauses einräumen lassen, weil ich denselben für den angenehmsten halte. Wollen Sie mir nicht die Ehre erzeigen, sich niederzulassen?"

Er trug einen Stuhl für sie herbei, sah aber dabei

so matt und krank aus, daß Eleanor ihm den Stuhl aus der Hand nahm.

„Legen Sie sich wieder auf das Sopha, Mr. Rhys," sagte sie. „Wir wollen nicht stören."

„Wie befinden Sie sich denn heute, Mr. Rhys?" fragte Julie.

„Ich danke; es geht wie gewöhnlich."

„Es thut mir sehr leid, zu sehen, daß Sie nicht wohl sind, Mr. Rhys," sagte Eleanor.

„Ich fühle mich allerdings etwas matt," entgegnete er mit schmerzlichem Lächeln, sank in die Sophaecke zurück und stützte den Kopf auf die Hand. Sein Aussehen und Wesen machte zusammengenommen einen seltsamen Eindruck auf Eleanor. So krank und bleich und ernst er auch war, so hatte er dabei doch Etwas, was ganz verschieden von Allem war, was sie seit Wochen in ihrem eigenen Leben berührt. Es war eine neue Atmosphäre.

„Sie sind doch nicht naß, meine Damen?" hob er nach einer Weile wieder an.

„Nein, durchaus nicht," sagte Eleanor; „wenigstens ganz unbedeutend. Wir werden uns auf dem Rückwege im Sonnenschein trocknen."

„Ich glaube nur, die Sonne wird nicht sogleich wieder herauskommen."

Er erhob sich, ging mit langsamen Schritten

nach der innern Thür und sprach mit Jemand im Nebenzimmer.

Eleanor überblickte ihre Stellung. Der Regen strömte fürchterlich herab, und von Heimkehren konnte jetzt nicht die Rede sein.

Dies war die Aussicht in Bezug auf draußen. In Bezug auf innen war Eleanor Gefangene. Das Zimmer war schlicht und klein, ohne Zierrathen, ohne Luxusgegenstände. Einige Bücher standen auf Bretgestellen neben einander, andere bedeckten zwei Tische. Eine große Mappe stand in der einen Ecke. Auf einem der Tische sah man Feder, Tinte und Papier nicht unregelmäßig umherliegend, sondern aufgeräumt, als ob sie jetzt nicht gebraucht würden. Einige Kisten von verschiedenen Gattungen und Größen bildeten nebst einigen sehr einfachen Stühlen den Rest des Meublements.

Es war Mr. Rhys' Wohnzimmer, in dem sie sich befanden, und das Beste, was davon gesagt werden konnte, war, daß darin die größte Sauberkeit und Ordnung herrschte. Zwei kleine Fenster neben der Thür gewährten vielleicht bei schönem Wetter einige Aussicht, jetzt aber zeigten sie weiter Nichts, als grauen Regen und einen undeutlichen Schimmer von Bäumen, die man durch den Regen hindurch sah.

Eleanor hätte sich gern wieder entfernt, aber dies war jetzt unmöglich. Sie mußte nothwendig sprechen.

„Meine Aussicht können Sie jetzt nicht beurtheilen,“ sagte Mr. Rhys, als sie sich zu ihm wendete.

„Bei diesem Regen allerdings nicht; ich sollte aber meinen, es wäre auch zu andern Zeiten hier nicht viel weiter zu sehen, als Bäume.“

„Viel ist sehr relativ. Allerdings sehe ich nicht viel, gleichwohl führt meiner Thür gegenüber eine Lichtung durch das Gehölz, so daß das Auge weit über den Moor hinwegblicken kann. Es ist allerdings nur ein schmaler Streifen, aber für mich von großem Werth.“

In diesem Augenblick trat eine alte Frau mit einem Bündel Reiser herein und begann dieselben auf einander zu legen, um sie dann anzuzünden.

Eleanor sah ihr zu und bedachte, was es heißen müsse, keine andere Pflegerin oder Gesellschafterin zu haben, als diese.

„Wir haben Sie zu Hause sehr vermißt, Mr. Rhys,“ sagte sie.

„Ich danke Ihnen. Ich werde an allen Orten vermißt, die ich sonst zu besuchen pflegte.“

„Aber Sie werden wohl bald wieder gesund sein und uns dann wieder besuchen, nicht wahr?“

„Ich weiß es nicht. Zuweilen bin ich geneigt, zu glauben, mein Werk sei gethan.“

„Was für ein Werk, Mr. Rhys?"

„Ich meine das Werk des Herrn, Julie, welches er mir zu verrichten aufgetragen."

„Meinen Sie Predigen?"

„Das ist allerdings ein Theil davon."

„Was haben Sie denn sonst noch für ein Werk zu verrichten?"

„Ich muß in jeder Beziehung Alles thun, um Jesum zu verkünden."

„War dies auch das Werk, welches Sie in dem schrecklichen Orte verrichten sollten, nach welchem Sie zu reisen beabsichtigten?"

„Ja."

„Nun, dann freue ich mich, daß Sie krank geworden sind," sagte Julie.

„Das ist sehr unfreundlich von Ihnen," entgegnete er ernst.

„Nun, es ist doch immer besser für Sie, wenn Sie krank sind, als wenn Sie aus England fortgehen," entgegnete Julie hartnäckig.

„Wenn ich aber nicht gesund bin, um dorthin zu gehen, so gehe ich anderswohin."

„Wohin denn?"

„Was hast Du denn in dieser Tasse?"

„Eingemachtes für Sie. Wollen Sie es nicht

essen, Mr. Rhys? In dem Körbchen hier ist Sago. Es wird Ihnen sehr gut bekommen."

„Willst Du nicht Deiner Schwester davon anbieten?"

„Nein. Sie hat dergleichen Dinge vollauf zu Hause. Essen Sie nur, Mr. Rhys."

Er genoß einige Löffel voll, lächelte Julie an und sagte, es schmecke sehr gut.

„Ich muß sehen, ob Mutter Williams Ihnen nicht einige Beeren vorzusetzen hat," fügte er hinzu.

„Wo werden Sie denn hingehen, Mr. Rhys, wenn Sie nicht nach jenem schrecklichen Lande gehen?" fragte Julie nochmals.

„Wenn ich nicht dorthin gehe, so gehe ich, glaube ich, heim."

„Heim?"

„Ja."

„Wo ist Das?"

„Ich meine, in meine ewige Heimath, Julie."

„O, reden Sie nicht so, Mr. Rhys!" rief die Kleine fast in ärgerlichem Tone. Essen Sie noch mehr von diesem Eingemachten."

„Wenn mein Meister noch Arbeit für mich hienieden hat, so bin ich gern bereit, zu bleiben, Julie."

„Sie fungiren an einer Kapelle in Lilly Dale,

Mr. Rhys, wie ich gehört habe?" fragte Eleanor, die sich sehr verlegen fühlte.

„Nein, noch darüber hinaus, in Croydon."

„In Croydon! Das sind ja neun Meilen. Wie haben Sie diesen Weg zurückgelegt?"

Mr. zögerte eine Weile, antwortete aber dann einfach:

„Es blieb mir weiter Nichts übrig, als zu Fuße zu gehen. An Sommermorgen fand ich dies sehr angenehm."

„Wie! Sie sind zu Fuße nach Croydon und wieder zurückgegangen und haben auch dort gepredigt? Dann ist es freilich kein Wunder, daß Sie krank sind."

„Ich machte den Rückweg nicht an demselben Tage."

„Aber wo gingen Sie denn noch Abends hin predigen?" fragte Julie.

„Das war nicht so weit."

„Wie! Sie bedienten zwei Kapellen an einem und demselben Tage, Mr. Rhys?" fragte Eleanor.

„Nein. An den Abenden, von welchen Julie spricht, predigte ich hier in der Nähe."

„Und dann noch Schule die ganze Woche!" sagte Eleanor.

„Es war keine große Mühe," sagte er mit freundlichem Lächeln. „Das gute Werk verlangte Eile. Es gab an beiden Orten viele Leute, welche die Wahrheit noch nicht gehört oder noch nicht lieben gelernt hatten. Es giebt deren noch."

„Wo war die andere Kapelle, die Sie bedienten?"

„In Rythmoor."

„Aber, Mr. Rhys, fuhr Eleanor fort, wollen Sie mir erlauben, eine Frage zu thun, welche mir viel Kopfzerbrechens macht?"

„Ich bitte darum."

„Wenn es in England noch so viele Leute giebt, welche der Lehre bedürfen, warum wollen Sie denn an einen solchen Ort gehen, wie der, von welchem Julie spricht?"

„Dort sind die Menschen noch weiter von der Hülfe entfernt."

„Aber ist das Werk hier nicht so gut, als das Werk dort?"

„Ich bin jetzt von beiden abgeschnitten," sagte er. „Ich sehne mich hinzukommen. Der Herr hat aber seine eigenen Rathschlüsse. ‚Warum betrübst Du Dich meine Seele, und warum bist Du so unruhig in mir? Hoffe auf Gott!'"

Der ernste, sanfte Ton, in welchem die Worte langsam und mit Nachdruck gesprochen wurden, machte auf Eleanor einen tiefen Eindruck. Sie sah einen Schimmer von einem Leben, wovon sie sich nie Etwas hatte träumen lassen, von einem Leben, welches seinem Geist und seinen Zwecken nach förmlich überirdisch war. Der „Helm des Heils“ funkelte auf dem Haupt dieses Mannes und gab ihm eine höhere Würde, als die einer Königskrone.

So saß Eleanor und verlor sich in Gedanken und erinnerte sich ihrer Wünsche vom Beginn des Sommers und vergaß, das Gespräch weiter fortzuführen.

Mittlerweile kam die alte Frau mit einem neuen Vorrath von Reisern wieder herein, und es dauerte nicht lange so prasselte ein lustiges Feuer in dem Kamin empor.

Julie stieß einen Freudenruf aus. Eleanor sah nach dem Fenster.

Der Regen strömte immer noch herab. Sie erinnerte sich jenes Gewittersturms im Juni und ihrer Furcht.

Mr. Rhys bat sie, sich an das Feuer zu stellen und sich zu trocknen, und sprach dann wieder einige unverständliche Worte zu der alten Frau.

„Was ist Das, Mr. Rhys?“ sagte Julie, die sich selten enthielt, nach Etwas zu fragen, was sie gern wissen wollte.

„Ich fragte Mutter Williams, ob sie vielleicht

einige frisch gepflückte Beeren hätte, die sie Ihnen zur Erfrischung vorsetzen könnte."

„Nein, ich meine, was für eine Sprache Sie zu ihr redeten?"

„Wallisisch."

„Sind Sie denn ein Walliser?"

„Nein," sagte er lächelnd, „aber ich habe wallisisches Blut in meinen Adern und überdies hatte ich auch eine wallisische Amme."

Eleanor machte sich am Feuer zu schaffen und trocknete ihr Musselinkleid, so daß sie einen Vorwand hatte, nicht zu sprechen.

Es dauerte nicht lange, so kam Mutter Williams wieder und brachte eine kleine Schüssel mit Beeren und einen Topf Sahne.

Julie spielte sofort die Wirthin und theilte aus. Die beiden Schwestern setzten sich an dem Feuer nieder und aßen, und Mr. Rhys beobachtete sie mit seinen scharfen Augen von der Sophaecke aus.

„Sind diese Beeren nicht köstlich, Eleanor?" fragte Julie. „Ganz gewiß schmecken sie weit besser, als die aus der Priorei. Mr. Rhys, wissen Sie schon, daß Eleanor nächstens Mistreß Carlisle und später Lady Rythdale werden wird?"

Eleanor war der Verzweiflung nahe. Gern hätte sie das Gesicht nach einer andern Richtung hingewendet, um ihr Erröthen zu verbergen, aber es war nicht möglich.

Mr. Rhys hatte sich erhoben, um ihr noch mehr in die Tasse zu gießen, vielleicht mit Fleiß.

„Ich verstehe," sagte er einfach. „Hat sie aber auch dafür gesorgt, sich eine ewige Krone zu sichern, wenn die irdische verwelkt sein wird?"

Diese Frage war eigentlich an Eleanor gerichtet. Ihre Verlegenheit erhielt dadurch wenigstens eine bestimmte Richtung, blieb aber immer noch höchst peinlich. Noch nie hatte Jemand ihr so in's Gewissen zu reden gewagt, wie dieser Mann. Sie war kaum im Stande, still sitzen zu bleiben. Die Beeren hatten keinen Wohlgeschmack mehr für sie. Dennoch aber verlangte die Frage eine Antwort, und nachdem sie lange gezögert, fand sie, indem sie ihre Tasse niedersetzte, nichts Besseres zu sagen, als:

„Nein, Mr. Rhys."

Ohne Zweifel las er tiefer, als diese Worte reichten, aber er machte keine Bemerkung. Sie wäre froh gewesen, wenn er es gethan hätte.

Der Regen schien allmählich nachzulassen, und während Julie eine lebhafte Conversation führte und dazu ihre Beeren schmaus'te, trat Eleanor an das Fenster.

Sie bemerkte, daß der Regen weniger dicht fiel, und daß das Sonnenlicht wieder durch die Wolken zu brechen begann.

„Was können wir zu Hause für Sie thun, Mr. Rhys?“ fragte sie, sich wieder in dem Zimmer herumdrehend. „Mutter Williams wird Ihnen nicht viel bieten können.“

„Ich bin Ihnen sehr verbunden,“ antwortete er in herzlichem Tone. „Ich wüßte Nichts. Ich habe Alles, was ich bedarf.“

„Aber Sie befinden sich jetzt wohl wieder auf dem Wege der Besserung?“

„Nein, ich glaube nicht. Ich fühle mich jetzt sehr unwohl und kraftlos.“

„Aber Sie werden bald wieder gesund werden und Ihr Amt verrichten können?“

„Wenn es meinem Herrn und Meister gefällt. Aber ich glaube es nicht.“

„Halten Sie sich wirklich für so ernstlich krank, Mr. Rhys?“ sagte Eleanor mit ängstlicher Miene.

„Nehmen Sie die Sache nicht so ernst,“ entgegnete er sie anlächelnd. „Mir kann kein Unheil zustoßen. Daß ich gehindert bin, mein Werk zu verrichten, ist für mich weit schlimmer, als der Tod, und noch vor einer Weile quälte mich dieser Gedanke und verursachte mir einige trübe Stunden. Endlich aber stützte ich mich auf jenes Wort: ‚Warum betrübst Du Dich so, meine Seele? Hoffe auf Gott!‘ Und nun bin ich zufrieden. Leben oder Tod — Eins wie das Andere kann mir nur Gutes bringen, denn mein himmlischer Vater schickt es mir. Sie wissen," sagte er, indem er Eleanor wieder anlächelte, aber mit einem scharfen beobachtenden Blick, „Die, welche des Herrn sind, tragen einen unsichtbaren Helm, der sie vor aller Furcht schützt."

Er sah, daß Eleanor's Gesicht ernst und unruhig war; er sah, daß seine letzten Worte einen geheimen, besonders empfindlichen Punkt ihres Gemüths zu treffen schienen. Er setzte weiter Nichts hinzu, sondern gab ihr blos einen freundlichen Händedruck, welcher Das, was er gesagt, besiegelte.

Der Regen hatte aufgehört, die Sonne schien wieder, und die beiden Schwestern machten sich auf den Rückweg. Anfangs eilten sie, denn der Nachmittag war ziemlich vorüber. Die Regentropfen lagen dicht und funkelnd auf jedem Grashalm und zitterten an den Bäumen.

„Nun wirst Du Dir wieder nasse Füße machen," sagte Julie, „und dann wirst Du wieder krank werden, und Mr. Carlisle wird schelten."

„Vor Mr. Carlisle's Zorn braucht uns nicht bange zu sein," entgegnete Eleanor. Ich werde die nassen

Schuhe nicht anbehalten, und dann wird es mir auch Nichts schaden. Hast Du Mr. Carlisle jemals zornig gesehen?"

„Nein," sagte Julie, „und ich freue mich, daß er es wenigstens nicht auf mich sein kann."

Trotz dem, was Eleanor gesagt, ward sie doch durch das nasse Gras auf unangenehme Weise an Das erinnert, was es ihr vor einigen Monaten zugefügt. Auch jetzt dachte sie bei jedem Tritt, den sie darein that, an die Gefahr, die jeden Augenblick wieder da sein konnte.

Sie wünschte innigst, diesen Gang mit Julie nicht gemacht zu haben. Es war seltsam, wie gänzlich niedergeschlagen und elend sie sich in ihrem innersten Gemüth fühlte, wenn sie an diese mögliche Annäherung von Unheil an ihr schutzloses Haupt dachte.

Die beiden Schwestern hatten schon wieder das Dorf passirt und den größten Theil ihres Heimweges zurückgelegt, ehe viel zwischen ihnen gesprochen ward.

„Ich wollte, Mr. Rhys würde wieder gesund und bliebe hier," sagte Julie. „Es ist angenehm, ihn besuchen zu können, nicht wahr, Eleanor? Er ist so gut."

„Ob es angenehm ist, weiß ich nicht," sagte Elea=

nor. „Ich wünschte beinahe, ich wäre nicht mitgegangen. Ich hatte lange Zeit vorher nicht an unangenehme Dinge gedacht.“

„Aber ist er nicht gut?“

„Gut!“ rief Eleanor. „Ich komme mir ihm gegenüber so schwarz vor wie die Nacht.“

„Aber Du bist nicht schwarz!“ rief Julie lachend, „und ich werde Mr. Carlisle sagen, was Du jetzt gesagt hast.“

„Julie!“ rief Eleanor, „unterstehe Dir Das nicht! Du sollst durchaus Nichts, was ich sage, Mr. Carlisle hinterbringen.“

Julie lachte blos, und Eleanor hoffte, daß ihr Verlobter in London bleiben möchte, bis ihr Vorsatz, möchte es sein, was für einer es wollte, vergessen wäre.

Er blieb auch in der That einige Tage weg, und in Mr. Powle's Hause hatte man verhältnißmäßig ruhige Zeit.

Eleanor vermißte vielleicht allerdings die fortwährende Aufregung der vergangenen Wochen. Sie war sehr unruhig, und ihre Gedanken weilten immer noch bei Dem, was durch den Besuch bei Mr. Rhys angeregt worden. Je mehr sie darüber nachdachte, desto schärfer trat ihr der Gegensatz von Reinheit und hoher christlicher Hoffnung vor Augen und beschämte ih

Herz und ihr Leben. Sie fühlte ihre Gefahr als Sünderin und die Unzulänglichkeit alles Dessen, was sie besaß oder hoffte, zum Schutz gegen künftige Gefahren.

So weit kam sie. Hier blieb sie stehen, ausgenommen, daß ihr Bewußtsein in dieser Beziehung mit jedem Tage nicht schwächer, sondern stärker ward. Sie hatte keinen Freund, der ihr hätte beistehen können.

Sie hätte gern mit Doctor Cairnes darüber gesprochen, aber dieser war auch von Wiglands abwesend.

Allerdings hatte sie ihre Bibel, aber sie verstand nicht, dieselbe zu Rathe zu ziehen.

Mr. Rhys wieder zu nahe zu kommen, hütete sie sich, obschon es ihr leid that, von Julie zu hören, daß es mit seiner Gesundheit immer noch nicht besser ging. Sie wünschte wieder ein kleines Mädchen zu sein und Juliens Freiheit zu besitzen, aber dies war ein Mal nicht mehr möglich.

Und was würde wohl Mr. Carlisle zu ihren Gedanken gesagt haben? Diesen durfte sie nicht fragen.

Er kam, aber Eleanor fand nicht, daß er die Unruhe, von deren Vorhandensein er keine Ahnung hatte, verscheuchen konnte.

Eines Abends tranken sie am offenen Fenster ihren Thee, als Miß. Broadus dazu kam.

„Ah, Mr. Carlisle," rief sie, „wir freuen uns alle, Sie wieder in Wiglands zu sehen. Nun braucht Miß Eleanor doch nicht mehr allein spazieren zu reiten.

Es thut mir leid zu hören, daß der arme Mr. Rhys so krank ist. Haben Sie heute Nachricht von ihm erhalten, Eleanor?"

„Da müssen Sie Julie fragen, Miß Broadus. Geht es denn jetzt schlimmer mit ihm? Julie erhält alle Tage Nachricht von ihm, glaube ich."

„Ja, die Kinder lieben ihn alle. Ich sehe Julie und Alfred sehr oft vorbei- und zu ihm gehen, und die andern Schüler besuchen ihn auch fortwährend. Wie freundlich von Ihnen, liebe Eleanor, daß Sie ihm auch Etwas hintrugen! Ich sah Sie und Julie mit Ihrem Korbe vorbeigehen — entsinnen Sie sich noch? Es war an dem Tage, wo der furchtbare Regenguß kam. Die Wohlthätigkeit hat in Ihrer Abwesenheit im schönsten Flor gestanden, Mr. Carlisle. Diese junge Dame hat mit eigenen Händen einem Kranken Labung und Erquickung gebracht, das nenne ich schön."

Mr. Carlisle zog es vor, seine eigenen Komplimente zu machen, denn er wiederholte nicht die der redseligen alten Dame.

„Ich fürchte aber, er ist wirklich sehr krank," fuhr Miß Broadus wieder zu Eleanor gewendet fort. „Er sah fürchterlich aus und ist so schwach, daß ich sein Leben im höchsten Grade gefährdet glaube.

„Ich glaube, er hat sich überarbeitet. Dabei bin ich fest überzeugt, Eleanor, daß er sich vor dem Sterben nicht mehr fürchtet, als ich mich vor dem Einschlafen, ja vielleicht nicht ein Mal so sehr."

Miß Broadus ward abgerufen; Mr. Carlisle verließ das Fenster, und Eleanor blieb in traurige Gedanken versunken sitzen.

Miß Broadus' letzte Worte hatten einen gewaltigen Eindruck auf sie gemacht. „Er fürchtete sich vor dem Sterben nicht mehr, als vor dem Einschlafen." Ja, ja! Denn sein Haupt war ja vor aller Gefahr geschirmt. Eleanor wußte dies, sie sah es, sie fühlte es.

Mr. Carlisle näherte sich wieder, ergriff sie bei der Hand und führte sie hinaus auf den Rasenplatz. Auf welche nachlässige Weise dies auch geschah, so fühlte Eleanor doch, daß dies das Vorspiel zu einem Verhör über ihr zeither beobachtetes Benehmen sei. Halb widerstrebend ließ sie sich demgemäß hinausführen in die labyrinthischen Gänge der Anlagen. Der Abend war herrlich, und Nichts konnte natürlicher oder angenehmer sein, als hier umherzuschlendern.

„Bist Du in meiner Abwesenheit immer fromm und gut gewesen?" begann Mr. Carlisle sein Verhör.

„Nein," sagte Eleanor offen.

„Sprichst Du die Wahrheit immer so?"

„Ich spreche sie, wie Du sie finden wirst," entgegnete Eleanor, die sich auf wiederholtes Bitten ihres Verlobten nun endlich dazu verstanden hatte, ihn auch Du zu nennen.

„Und bist Du in meiner Abwesenheit nicht vielleicht gegen Jemand anders ein Wenig zu gut gewesen?" fuhr er fort.

„Nein," antwortete Eleanor, „Das bin ich niemals."

„Aber, liebe Eleanor, „ich wünsche nicht, daß Du irgend einem Manne so viel Ehre erzeigest, wie Du nach Dem, was Miß Broadus erzählte, gethan hast."

„O," rief Eleanor, dies war der reinste Act der Menschenliebe, den man sich denken kann. Julie wünschte, daß ihr Jemand einige Erquickungen zu einem Kranken tragen helfen möchte, und da ich gerade das Bedürfniß nach einem Spaziergang fühlte, so ging ich mit."

„Das war immer allzufreundlich von Dir, und Du mußt Dir Deine Menschenliebe in gewissem Grade abgewöhnen. Du bist jetzt mein, liebe Eleanor, und ich beanspruche Dich ausschließlich für mich selbst."

Eleanor ging mit ihrem Verlobten nach dem Hause zurück, und es war ihr, als ob eine neue Schranke von nun an zwischen ihr und dem Licht, welches ihr Gemüth verlangte, und dem Troste stände, nach welchem ihr Herz sich sehnte.

Sechstes Capitel.

In der Priorei.

Lady Rythdale hatte einen Abscheu vor Tischgesellschaften im Allgemeinen und im Besonderen. Sie selbst dinirte zu einer frühen Stunde des Tages und bat, daß die Familie Powle zum Thee kommen möchte.

Es war die erste Gelegenheit dieser Art und das erste Mal, daß die Mitglieder dieser Familie diesen Ort als zukünftige Verwandte besuchten.

Lady Rythdale war schwächlich und kränklich und besuchte ihre Landnachbarn nie, und stand eben so wenig in geselligem Verkehr mit ihnen.

Natürlich suchte man den Grund dieser Zurückgezogenheit in noch etwas Anderem, als bloßer Kränklichkeit.

Nur Wenige hatten demzufolge das Innere der Priorei bei einer anderen Gelegenheit, als einem steifen Morgenbesuche gesehen. Nun aber sollte die Familie Powle dort auf einem andern Fuße empfangen werden, und es war dies eine große Zeit der Neugier, des Vergnügens und des Stolzes.

„Was wirst Du denn diesen Abend anziehen, Eleanor?“ fragte die Mutter der Verlobten.

„Doch wohl mein Reitkleid, Mama.“

„Dein Reitkleid?“

„In einem andern kann ich ja doch nicht reiten.“

„Willst Du denn reiten?“

„So ist es besprochen, Mama; auch wird es weit weniger langweilig sein, als wenn ich den Weg auf andere Weise mache.“

„Langweilig!“ wiederholte Mistreß Powle. „Aber was wird Lady Rythdale sagen, wenn Du im Reitkleide kommst?“

„Was Lady Rythdale sagen wird, davon habe ich allerdings nicht den mindesten Begriff.“

„Ich will Dir sagen, was Du thun mußt, Eleanor. Du mußt, nachdem Du dort angelangt bist, die Kleider wechseln.“

„Nein, Mama, Das kann ich nicht. Mr. Carlisle hat es so mit mir besprochen, daß ich in meinem Reitkleid erscheinen soll. Die Verantwortlichkeit ruht auf ihm. Ich will mir nicht die Mühe eines Toilettenwechsels machen und auch Niemanden zu viel Ehre erzeigen."

„Aber es wird nicht gern gesehen werden, Eleanor."

„Dann muß ich mich in mein Schicksal fügen, Mama."

„Du bist ein starrköpfiges Mädchen. Du bist aber gerade in die rechten Hände gekommen und wirst schon zur Vernunft gebracht werden."

„Mama," sagte Eleanor dunkel erröthend, „es ist sehr unklug von Dir, dies zu sagen, denn es erweckt alle in mir schlummernden Widerstandsgelüste, und später ein Mal —"

„Später ein Mal werden dieselben nicht zum Ausbruch kommen," sagte Mistreß Powle.

„Ja, ich möchte Mr. Carlisle auch nicht zum Gegner haben," bemerkte Julie.

Eleanor biß sich auf die Lippe. Nichtsdestoweniger als der Nachmittag kam und Mr. Carlisle erschien, um sie abzuholen, war von der Gereiztseit am Morgen Nichts weiter mehr übrig als ein Wenig Stolz, der sich durch die aufrechte Haltung des Kopfes verrieth.

Die Gesellschaft im Wagen war schon fort, die

Reiter folgten demselben Wege und passirten das Dorf Wiglands, und dann noch einige Meilen weiter das Dorf Rythdale.

Weiterhin, nachdem sie eine Brücke passirt, kamen sie in die nächste Umgebung der alten Priorei. Der graue Thurm stieg vor ihnen auf und als der Zug — denn der Wagen war jetzt dicht vor ihnen — sich durch das Thal und an den Ruinen vorbeibewegte, pochte Eleanor doch ein Wenig das Herz im Bewußtsein des Platzes, den sie hier einnehmen sollte, und des Verhältnisses, in welchem sie nun zu allen diesen Natur- und Kunstschönheiten stand.

Das Herrenhaus trat, als sie sich demselben näherten, schön unter den alten Bäumen hervor. Es war ein neues Haus, das heißt, es datirte nicht mehr als drei Generationen zurück. Es war in einfachem Style erbaut, dabei aber massiv, stattlich und elegant. Es bildete drei Seiten eines Vierecks, und der Zugang vom Thale aus führte um die Vorderseite des linken Flügels herum.

Mr. Carlisle bewog Eleanor, ihr Pferd ein Wenig anzuhalten und hinter dem Wagen zurückzubleiben.

„Wie gefällt Dir dieser Anblick?“ sagte er.

„Er gefällt mir sehr; ich habe ihn noch nie gesehen.“

Er lächelte sie an, streckte wieder die Hand nach

dem Zügel des Rappen aus und nöthigte denselben zu langsamem Schritt. Der Wagen fuhr immer weiter, Mr. Carlisle machte seine Begleiterin auf die einzelnen Theile des Gebäudes aufmerksam, und Beide langten daher erst vor dem Hauptgebäude an, als die Gesellschaft, die im Wagen gefahren, schon längst unter Dach und Fach war.

Mr. Carlisle hob Eleanor vom Pferde, erlaubte ihr, ihre Mütze abzunehmen, legte ihre Hand auf seinen Arm und führte sie in das Gesellschaftszimmer, wo seine Mutter ihn erwartete.

Eleanor hatte Lady Rythdale bis jetzt ein einziges Mal und zwar bei Gelegenheit einer Staatsvisite gesehen, die sie in Ivy Lodge abgestattet.

Die alte Dame war eine stattliche, würdevolle Persönlichkeit, und der Empfang, den sie ihrer künftigen Schwiegertochter jetzt angedeihen ließ, war ebenfalls würdevoll, oder, wie Eleanor es vorkam, etwas steif und kalt, ja beinahe gleichgültig.

„Liebes Kind," sagte die alte Dame, „Sie kommen im Reitkleide? Das wird Ihnen sehr unbequem werden. Gehen Sie in mein Ankleidezimmer und lassen Sie sich von der Arles umkleiden. Sie wird schon etwas Passendes für Sie zu finden wissen. Robert, zeige ihr den Weg."

Mr. Carlisle gehorchte, legte Eleanor's Hand

wieder auf seinen Arm und führte sie aus dem Zimmer durch eine Galerie die Treppe hinauf und wieder eine Galerie entlang. Er ging sehr rasch.

Eleanor war über dieses außerordentliche Verfahren sehr entrüstet, wußte aber nicht, wie sie demselben Widerstand leisten sollte. Ihre Einwilligung ward ohne Weiteres vorausgesetzt, und Mr. Carlisle lachte, wie leicht zu sehen war, über ihre Entrüstung.

„Wahrscheinlich glaubt er, er habe mich nun in seinem Bereiche und in seiner Macht!“ dachte Eleanor, während die Röthe des Zornes auf ihrer Wange glühete.

„Das ist Alles wirklich nicht nöthig,“ begann sie. „Meine Kleidung ist mir völlig bequem, und ich wünsche durchaus nicht, sie zu wechseln. Laß uns daher wieder umkehren.“

„Wie?“ Gegen den Befehl meiner Mutter? Hältst Du denselben für Dich nicht bindend, Eleanor?“

„Nein.“

„Aber dann wirst Du wenigstens erlauben, daß ich ihn als für mich bindend betrachte. Komm’ daher und weigere Dich nicht länger.“

Und mit diesen Worten führte er sie weiter, bis er endlich eine Thür öffnete und sie in ein großes, mit vielem Luxus ausgestattetes Zimmer ließ. Hier zog er die Klingel.

„Liebe Arles," sagte er zu der eintretenden Zofe, „Suche einen passenden Anzug für diese Dame. Sie wünscht das Kleid zu wechseln. Thut Euer Bestes."

Mit diesen Worten ging er hinaus und ließ Eleanor in den Händen der Zofe.

Eleanor war ganz außer Fassung, aber machtlos, obschon sie Nichts inniger wünschte, als der Zofe und ihrer Herrin Trotz zu bieten und zu sagen: „Ich will mein eigenes Kleid tragen und nichts Anderes."

Mistreß Arles brachte nach einigem Suchen ein Kleid von weißem Batist mit Spitzen besetzt. Es war schön und einfach, und Eleanor war, nachdem sie es sich anlegen lassen, eleganter ausgestattet, als sie es bis jetzt jemals in ihrem Leben gewesen.

Dennoch ärgerte sie sich über sich selbst, daß sie sich so leicht in den Willen einer Person fügte, die nicht das Recht hatte, ihr zu befehlen.

Die Zofe dagegen war mit ihrem Werk vollkommen zufrieden, und Eleanor ward von ihrem Verlobten abgeholt, wieder in das Gesellschaftszimmer zurückgeführt und hier Lady Rythdale's Fittigen übergeben.

Die alte Lady drehte sich herum und musterte sie, fuhr dann in dem eben im Gange befindlichen Gespräch fort, drehte sich hierauf wieder herum und musterte abermals, und gab dann Eleanor einen

Strähn Garn zu halten, welchen sie eben zu wickeln im Begriff stand.

Eleanor sah sich auf diese Weise nicht blos zum Zielpunkt für die Augen der Anwesenden gemacht, sondern gleichsam zu diesem Zweck in eine bestimmte Attitüde versetzt.

Sie hielt jedoch standhaft aus, bis Lady Rythdale das letzte Endchen aufgewickelt hatte und sie dann auf die hocherröthende Wange klopfte, als ob sie ein kleines Kind gewesen wäre.

Dies war ein Wenig sehr schwer zu ertragen, und Eleanor war es einen Augenblick zu Muthe, als müsse sie in Thränen ausbrechen. Gern hätte sie ihren Platz verlassen, wenn sie es gewagt hätte, aber sie saß neben Lady Rythdale in einer Sophaecke, und es war sonst Niemand in unmittelbarer Nähe. Sie konnte nun wenigstens die Gesellschaft näher in's Auge fassen.

Nächst Lady Rythdale sah sie zwei ältliche Damen von ebenfalls stattlichem Aeußern, die, wie sie erfuhr, alte Freundinnen der Herrin des Hauses waren und in der Priorei wohnten.

Eleanor's Mutter bildete mit Mistreß Wycherly, der Schwester des Rectors, eine zweite Gruppe und conversirte mit Doctor Cairnes und einem unbekannten Herrn.

Mr. Carlisle stand an einem der großen, schönen,

tiefen Fenster in eifrigem Gespräch mit einigen Damen und Herren, welche Eleanor ebenfalls nicht kannte.

Niemand beschäftigte sich mit ihr, und sie hatte daher vollauf Zeit, das Zimmer und die luxuriöse Ausstattung desselben zu betrachten.

Niemand schien auf sie zu achten, und sie ging schon mit dem Plane um, sich aus ihrer Sophaecke nach einer nicht weit von ihr an der Wand lehnenden Mappe zu flüchten, worin sie Kupferstiche zu finden hoffte. Eben aber als sie aufstehen wollte, berührte Lady Rythdale sie am Knie.

„Bleiben Sie sitzen, liebes Kind,“ sagte sie, indem sie sich halb nach Eleanor herumwendete. „Ich brauche Sie. Hier habe ich einen Strähn grüne Seide, der ein Wenig in Verwirrung gerathen ist. Wollen Sie ihn mir in Ordnung bringen?“

Eleanor nahm die Seide, welche sich in einem niedlichen Zustande befand, und begann sie zu entwirren und zu ordnen, damit Lady Rythdale sie dann wickeln könnte.

Dies Mal wendete Letztere sich nicht ab, sondern betrachtete Eleanor, gegen deren weiße Draperie und zarte weiße Finger die grünen Seidenfäden angenehm abstachen.

Eleanor sah, wie scharf die Augen der alten Dame Alles an ihr — Anzug, Gestalt und Gesicht —

musterten. Sie konnte nicht umhin, zu erröthen, obschon sie ärgerlich war und es durchaus nicht wollte.

Die Seide verwirrte sich wieder, und Eleanor neigte sich darauf herab, um das Hinderniß für das Wickeln zu beseitigen.

„Sind Sie kurzsichtig, liebes Kind?“ fragte Lady Rythdale.

„Nein, Mylady,“ sagte Eleanor, indem sie den Kopf emporrichtete und ihre zukünftige Schwiegermutter einen Augenblick lang ansah.

„Ja, Sie haben sehr gute Augen — von ganz gewöhnlicher Farbe,“ sagte Lady Rythdale. „Robert glaubt, er werde an Ihnen ein gutes Frauchen bekommen — ist Das wahr?“

„Das weiß ich nicht, Mylady,“ entgegnete Eleanor in etwas stolzem Tone.

„Ich glaube es. Lassen Sie mich Ihnen ein Mal ordentlich in's Gesicht sehen.“

Mit diesen Worten faßte die alte Lady das junge Mädchen am Kinn und gab ihr einen Ruck, als ob ihr Gesicht ein Gegenstand wäre, den sie zu kaufen beabsichtigte.

Eleanor war in durchaus keiner liebenswürdigen Gemüthsstimmung, und ihre Wangen glühten, nichtsdestoweniger aber fuhr die alte Dame fort, ihre Züge einer genauen Prüfung zu unterziehen, und das Lächeln welches allmählich ihre Züge zu umspielen begann, schien Zufriedenheit zu verrathen.

Eleanor sah dieses Lächeln nicht, denn ihre Augen blickten nicht auf, durch alle Nerven hindurch aber fühlte sie den Kuß, mit welchem diese Musterung beendet ward.

„Ich glaube es," wiederholte die alte Lady. „Ich glaube und hoffe es, denn sonst dürften Sie mit meinem Sohn nicht gut auskommen, liebes Kind."

„Das wird in hohem Grade von ihm selbst abhängen," sagte Eleanor förmlich aufgebracht. „Wollen Sie diese Seide jetzt wickeln, Mylady?"

„Sie können sie halten. Ich sehe, daß Sie den Strähn in Ordnung gebracht haben. Es beweis't dies, daß Sie die gute Eigenschaft der Geduld besitzen. Halten Sie ein Wenig höher. Liebes Kind, ich würde Ihnen nicht rathen, Ihr Benehmen nach dem anderer Leute zu richten. Robert wird ein guter und freundlicher Ehemann sein, wenn Sie sich ihm nicht mißfällig machen, aber er gehört zur Zahl Derer, welche Gehorsam verlangen."

Es blieb Eleanor Nichts weiter übrig als still zu sitzen, die Seide zu halten und die Zielscheibe für Lady Rythdale's Augen und Zunge abzugeben.

So saß sie vor Entrüstung und Scham das Haupt senkend da, als ihr Verlobter hinzukam. Er hatte ihr Erröthen von Weitem bemerkt und vermuthete, daß sie eine Art Fegefeuer auszuhalten habe. Obschon er aber kam, um zu schützen, so blieb er doch stehen, um zu genießen.

Der Anblick war ein so überaus anmuthiger Mutter und Sohn wechselten Blicke.

„Ich glaube, Du wirst Etwas aus ihr machen," sagte Mylady in zufriedenem Tone.

„Ganz gewiß aber keine lebendige Garnwinde!" rief Eleanor aufspringend. „Ich bin es müde. Hier, Mr. Carlisle, haben Sie die Güte, mir diese Seide abzunehmen!"

Und mit diesen Worten schob Eleanor den Strähn über die Hände des erstaunten jungen Mannes, ehe derselbe noch wußte, was sie wollte, überließ es ihm mit seiner Mutter den Rest der Arbeit fertig zu machen, und schritt nach einer der tiefen Fensterbrüstungen.

Hier ward sie sofort in ziemlich höflicher Weise von Lord Rythdale angeredet, dann stellte dieser ihr andere Herren vor, und erst nach einer ganzen Reihe von kurzen Gesprächen hatte Eleanor eine Minute für sich selbst.

Sie setzte sich nun in die Fensterbrüstung. Gern hätte sie einen Rundgang durch das Haus oder die

Gartenanlagen gemacht, wenn sie sich allein hätte entfernen können.

Wie schön sah der glattgeschorene Rasen in dem weichen, milden Sonnenschein! Wie stattlich standen alle Eichen und Buchen hier und da! Welche Ordnung und sorgfältige Pflege gab sich überall kund!

Während Eleanor noch darüber nachdachte, ward ihre Aufmerksamkeit durch ihren Verlobten angezogen, der mit Einigen seiner Gäste auf den Rasenplatz hinausgegangen war.

Er war ein unleugbar schöner Mann, und seine Haltung anmuthig und gut. Er gefiel ihr, und vielleicht gerade deßhalb, weil sie sich ein Wenig vor ihm fürchtete. Sie fühlte blos einen gewissen Groll in der Art und Weise, auf welche sie in ihre gegenwärtige Stellung versetzt worden. Hätte man ihr länger Zeit gelassen und ihr das Jawort nicht halb und halb abgedrungen, so wäre sie ganz zufrieden gewesen.

Aber auch so war sie gerade nicht sehr unzufrieden. Ihr Herz empfand geheime, stolze Genugthung, als die Gruppe, ohne sie zu sehen, an dem Fenster vorüberging, und sie dann wieder mit dem sonnen hellen Rasen und den schönen alten Bäumen allein war.

Dicht auf dieses Gefühl von Stolz folgte ein

anderer Gedanke. Wie wenn nun diese irdische Krone verwelkte, was dann?

„Herr Doctor," sagte Eleanor, eine Gelegenheit ergreifend, „kommen Sie und setzen Sie sich ein wenig zu mir. Ich habe Sie lange nicht gesehen."

„Sie werden mich nicht sonderlich vermißt haben, meine werthe junge Dame," entgegnete der Rector freundlich.

„O doch," sagte Eleanor. „Ich wünschte mit Ihnen zu sprechen. Sie sollen mir Etwas sagen."

„Wohl, wie bald ich Sie glücklich machen oder noch Jemand anders glücklich machen helfen soll? Nun, so um Weihnacht herum stehe ich jederzeit zu Diensten."

„Nein, nein," sagte Eleanor erröthend, „was ich wissen will, ist etwas ganz Anderes. Ich spreche in vollem Ernste. Sie sollen mir Etwas sagen. Ich will wissen, wie ich glücklich werden kann, denn jetzt bin ich unglücklich."

„Sie unglücklich!" rief der Rector. „Da muß ich mit meinem Freund Mr. Carlisle darüber sprechen. Wir müssen ihn zu Rathe ziehen. Was wird er sagen, wenn er hört, daß Sie unglücklich sind! Wie?"

Der Genannte stand auf ein Mal selbst vor ihnen und zwar, wie es Eleanor schien, mit einer leichten Wolke auf der Stirn.

Er war aus einem der Nebenzimmer hereingekommen, während Eleanor glaubte, er spaziere mit seinen Gästen noch in den Gartenanlagen umher.

„Darf ich dieses interessante Gespräch unterbrechen?" fragte er.

„Es sollte so eben erst recht interessant werden," sagte Dr. Cairnes. „Diese junge Dame gestand mir so eben, daß sie nicht glücklich sei. Ich überantworte sie Ihnen, denn hier handelt es sich um einen Fall, in welchem meine Wissenschaft nicht ausreicht. Kann ich jedoch etwas thun, so werde ich Ihrem Ruf mit dem großen Vergnügen gehorchen."

Der Rector erhob sich, schüttelte sich und räumte Mr. Carlisle das Feld.

Eleanor war über alle Beschreibung aufgebracht und fühlte sich wenig geneigt, Doctor Cainres jemals wieder in irgend einer Beziehung um seinen Beistand oder Rath anzugehen. Ihr Antlitz glühte.

Ihr Verlobter nahm davon keine Notiz, sondern legte blos seine Hand auf die ihrige und sagte:

„Komm'!"

Dann führte er sie aus dem Zimmer hinaus auf den Rasenplatz und schlenderte dann mit ihr hinab nach einem Theile der dicht bepflanzten Gartenanlagen jenseit des Hauses.

Hier lenkte er ihre Aufmerksamkeit bald auf diesen, bald auf jenen Strauch oder Baum, und wußte sie so angenehm zu unterhalten, daß die Frage, welche sie vorhin beschäftigt, fast ganz in den Hintergrund trat.

„Wie gefällt Dir unser Haus?“ fragte Mr. Carlisle, indem er mit seiner Begleiterin an einer Stelle stehen blieb, von wo man völlig freie Aussicht auf das Herrenhaus hatte.

„Ich glaube, die verfallene alte Priorei dort drüben gefällt mir noch besser,“ antwortete Eleanor.

„Dann hast Du also wohl immer noch Neigung zum Klosterleben?“ fragte der junge Mann.

„Ja,“ sagte Eleanor erröthend. „Ich glaube, jene Mönche müssen dort ein schönes, friedliches Leben geführt haben. Und sie konnten Gärten pflanzen eben so gut wie Du es kannst.“

„Da aber diese alten Ruinen nicht mehr wohl bewohnbar sind, was meinst Du dann zu dem Einzuge in eine moderne Priorei?“

Es machte ihm Vergnügen, die dunkle Gluth auf Eleanor's Wange und ihre gesenkten Augenlider zu sehen. Kein Wunder, daß es ihm gefiel, denn es war ein schöner Anblick, und er weidete sich daran.

„Du sollst Lady Aebtissin werden,“ fuhr er nach einer Weile fort, „und Deine Ordensregeln selbst entwerfen. Ich stelle blos die Bedingung, daß Du keinen andern Beichtvater hast, als mich.“

„Ich bezweifle aber, daß Du die zu diesem Amte nöthigen Eigenschaften besitzest," entgegnete Eleanor.

„Dann bitte ich Dich, mich auf die Probe zu stellen. Was beichtetest Du denn dem Dr. Cairnes vorhin am Fenster?"

„Ach schweig', Robert!" sagte Eleanor." „Ich sprach von Etwas, was Du nicht verstehen würdest."

„Du hast eine zu geringe Meinung von mir," entgegnete er gelassen. „Meine Auffassungsgabe ist ganz gewiß eben so gut, wie die jenes alten Herrn. Weßwegen fühlst Du Dich unglücklich, Liebchen?"

„Ich sage Dir nochmals, daß ich mit dem Rector über Etwas sprach, was Du nicht verstehst. Lassen wir dieses Thema ruhen!"

„Aber sag' mir wenigstens, ob Du glaubst, daß Du Dich hier in der Priorei unglücklich fühlen würdest."

„Das habe ich nicht gesagt," entgegnete Eleanor verlegen.

„Glaubst Du also, ich könnte Dich hier glücklich machen? Sprich, Eleanor, sprich!"

„Ja, wenn ich überhaupt irgendwo glücklich sein könnte."

„Aber was macht Dich unglücklich? Mein Weib darf ihr Herz nicht vor mir verschließen."

„Ja, aber dies bin ich noch nicht," entgegnete Eleanor mit einem gewissen Grade von Energie.

Er lachte und küßte sie.

„Wie lange soll es denn noch dauern, Eleanor?" fragte er dann.

„Das weiß ich selbst nicht. Jedenfalls noch sehr lange."

„Was heißt sehr lange?"

„Ich weiß es nicht. Wenigstens einige Jahre."

„Glaubst Du denn, ich werde mich damit einverstanden erklären?"

Eleanor wußte, daß er dies nicht würde. Sie war überzeugt, daß er in Gedanken schon die Zeit, wo nicht den Tag festgestellt hätte. Sie fühlte wieder jene Spinnewebenfesseln. Fast in bräutlichem Gewand stand sie schon an seiner Seite. Sie gab keine Antwort.

„Dividire mit Zwölf und sieh, was Du dann herausbekommst, Eleanor?"

„Was willst Du damit sagen?"

„Ich will damit sagen, daß ich ein lustiges Weihnacht zu feiern gedenke — wenn Du es nämlich erlaubst."

Weihnacht! Davon hatte der Rector auch gesprochen. War es, ohne daß man sie gefragt, schon so weit?

„So geht die Sache nicht, Robert," antwortete sie. „Ich bin noch nicht so weit fertig."

„Aber Du wirst es werden," entgegnete er gelassen. „Nach Weihnacht muß ich auf einige Zeit nach London und gedenke Dich dann in Berkeley Square zu installiren, und den nächsten Sommer besuchst Du mit mir die Schweiz. Nun sage mir, Liebchen, warum bist Du unglücklich?"

„Ich kann Dir nichts Anderes sagen, als daß es sich um Etwas handelt, was Du nicht verstehst."

„Nun, versuch' es wenigstens."

„Es ist auch nicht ein Mal etwas, was Dich interessiren würde."

„Mich nicht interessiren!" rief er, indem er sie liebkosend in seine Arme schloß; „mich nicht interessiren! Weißt Du nicht, daß es von Deinem Reitmützchen an bis zu den Handschuhen, die Du aus- und anziehst, nichts giebt, was Dich berührt und mich nicht interessirte? Wie kann ich da mein künftiges Weibchen zu Dr. Cairnes sagen hören, sie sei nicht glücklich? Ich muß durchaus wissen, weßhalb."

„Ich wollte, Du ließest diesen Gegenstand ruhen. Ich sprach mit Doctor Cairnes in seiner Eigenschaft als Geistlicher."

„Du sprachst mit Doctor Cairnes in seiner Eigenschaft als Geistlicher?" wiederholte Robert lachend.

„Ich kann mir blos Eins denken, in Bezug worauf der Beruf des Rectors Dich und mich angeht — meinst Du Das, Eleanor?"

„Nein, ich wollte ihm blos eine religiöse Frage vorlegen, die mich sehr interessirt."

„Eine religiöse Frage! War es Das, was Dich unglücklich machte?"

„Nun ja, wenn Du es durchaus wissen willst. Ich wußte schon, daß es Dir nicht gefallen würde."

„Es gefällt mir auch nicht, und ich will es nicht haben," sagte er. „Du, meine kleine Eleanor, solltest Dich mit religiösen Skrupeln herumschlagen? Daraus wird Nichts! Ich werde Dein bester Rathgeber sein. Du hast Dir in der letzten Zeit zu wenig Bewegung gemacht. Morgen wollen wir einen Extragalopp unternehmen, und nach Weihnacht stehst Du unter meiner Obhut. Also, was beunruhigte Dich eigentlich?"

„Ich bitte Dich, Robert, frage nicht weiter. Ich habe nicht Lust, mich von Dir auslachen zu lassen.

„Dich auslachen!" sagte er. „Jemand anders dürfte sich Das nicht unterstehen, ich aber werde es thun, so viel mir beliebt. Ich bitte Dich, wende Dich nicht mit solchen Fragen an den alten Priester, sondern komm' mit Dem, was Dich beunruhigt, zu mir, und ich werde Dich von allen Zweifeln erlösen. Weiter war es also Nichts, Eleanor?"

„Nein."

„Nun, dann sind wir ja einig."

Sie schlenderten ein Wenig weiter über den weichen Rasen in dem milden Sonnenlicht.

„Nein, wir sind nicht ganz einig," sagte Eleanor, „denn Du glaubst, ich werde Etwas thun, was ich nicht thun werde."

„Und was ist Das?"

„Ich bin mit Deinen Anordnungen nicht einverstanden."

„Aber Du wirst es noch werden."

„Nein, glaube Das ja nicht, Robert. Es geschieht gewiß nicht."

Er blickte auf sie herab und lächelte, ohne im Mindesten ans der Fassung zu kommen. Sie hatte nicht anders als sanft gesprochen und mit einer geheimen Anstrengung, die sie ihn nicht gern bemerken lassen wollte.

„So wirst Du die Hälfte der Zeit zwischen hier und Weihnacht sprechen, dann aber eine andere Form des Ausdrucks wählen," sagte er.

„Wenn ich Etwas sage, bleibe ich auch dabei, Robert."

„Dann sage lieber Nichts, meine kleine Eleanor," entgegnete er leicht hingeworfen, „denn ich würde Dich zwingen, Deinem Worte untreu zu werden. Gleich nach Weihnacht muß ich nach London, und ich kann nicht gehen ohne Dich. Liebst Du mich so wenig, daß Du Dich weigern könntest, Eleanor?"

Eleanor schwieg. Sie wollte nicht Ja sagen, aber sie konnte mit Wahrheit auch nicht Nein sagen.

Robert neigte sich herab, um ihr in's Gesicht zu sehen.

„Küsse mich, Nellie," sagte er, „und versprich mir zu Weihnacht mein gutes Weibchen zu werden."

Eleanor sträubte sich innerlich, aber diesen gebieterischen Augen gegenüber fühlte sie sich machtlos. Vielleicht kannte er ihren schlummernden Widerspruchsgeist, aber wenn dies der Fall war, so wußte er auch, daß er im Stande sein würde, denselben zu bemeistern. Die Gelegenheit war nicht bedeutsam genug, um einen Kampf mit Robert zu rechtfertigen.

Eleanor war übrigens auch gar nicht darauf vorbereitet, einen solchen zu beginnen. Sie zögerte daher lange genug, um ihr Widerstreben zu zeigen, und gab dann nach — allerdings, wie sie selbst fühlte, unrühmlich, obschon im Ganzen genommen klüglich.

Ihre Strafe blieb nicht aus. Eleanor's Zustimmung ward nicht blos angenommen, sondern auch belacht. Sie ertrug es so gut sie konnte. Sie wünschte, daß sie lieber gar nicht versucht hätte, auf so eitle Weise ihr Recht zu behaupten, und fühlte ihre Niederlage vollständig.

Es war die höchste Zeit für die Beiden, zu der Gesellschaft zurückzukehren, Eleanor wußte, was für ein Zielpunkt sie für die Augen der Leute war, und hätte sich gern hinter Jemand in eine Ecke verkrochen, aber Robert behielt sie in seinem vollen Besitz. Er führte sie in das Zimmer und hielt sie bei der Hand, während er von Einem zum Andern ging und sie nöthigte, stehen zu bleiben und mit ihm durch die ganze Gesellschaft hindurch zu sprechen, oder mit sich sprechen zu lassen, Eleanor betrachtete dies als eine neue Demüthigung, hielt sich aber dennoch gut und ein Wenig stolz, bis der Abend vorüber war.

Das Wetter hatte sich geändert und der Heimritt ward unter bewölktem Himmel begonnen. Es ward, während sie so entlang ritten, sehr finster, und an vielen Stellen war es geradezu unmöglich, den Weg zu sehen. Robert ritt aber ja neben ihr, und der Weg war ihm und den Pferden bekannt, so daß Eleanor weiter nicht ängstlich war. Sie fand daher fast Gefallen an der Neuheit eines solchen Rittes, bis sie plötzlich in der Ferne den Donner grollen hörte.

Dies war das Einzige, was Eleanor's Nerven fürchteten. Sie ward still und schweigsam und antwortete kaum auf die Bemerkungen ihres Begleiters. Sie schaute unaufhörlich nach Dem aus, was endlich kam, als sie sich den alten Ruinen im Thale näherten.

Es blitzte.

Dieses Blitzen beleuchtete den schönen Thurm mit seinem daran klebenden Epheu, machte auf einen Augenblick einige Stellen der Mauern und der dichtbelaubten Bäume sichtbar, und dann herrschte wieder tiefe Finsterniß.

Eleanor dachte unwillkürlich an jenes Gewitter, welches sie vor einigen Monaten an derselben Stelle, obschon in anderer Gesellschaft verlebt, und ihre Aufmerksamkeit war von nun an, bis sie nach Hause kamen, darauf gerichtet, die Blitze zu beobachten. Dieselben waren ziemlich häufig, das Gewitter an und für sich aber kein schweres. Die anderen Mitglieder der Gesellschaft fanden, daß das Blitzen ihnen angenehm den Weg erhellte. Für Eleanor offenbarte es noch etwas mehr.

Mr. Carlisle oder Robert, wie wir ihn jetzt nennen, verrieth bei seinem Abschied an der Thür, daß er mit den Ergebnissen dieses Abends wohlzufrieden war.

Eleanor ging den Fragen und Bemerkungen ihrer Familie aus dem Wege und begab sich auf ihr Zimmer.

Hier setzte sie sich, ohne erst ihr Reitkleid abzulegen, nieder und stützte den Kopf auf die Hände. Was nützte es ihr, Lady von Rythdale, Herrin der Priorei und Robert's geliebtes und begünstigtes Weib zu sein, so lange es kein Schirmdach zwischen ihrem Haupt und dem Streich gab, der jeden Tag und jeden Augenblick sie ereilen konnte? Und was nützte im Grunde genommen eine irdische Krone, wenn dieselbe auch noch so glänzend war, sobald es Nichts gab, wodurch sie ersetzt ward, wenn die Zeit des Verwelkens herannahete?

Eleanor verlangte etwas mehr.

Siebentes Kapitel.

Bei den Farrnkräutern.

Es war Eleanor unmöglich, dieses Gefühl abzuschütteln. Am nächstfolgenden Tage erwachte es frisch mit ihr, und weder ihre eigenen noch Robert's Bemühungen konnten es verscheuchen.

Wir müssen Eleanor die Gerechtigkeit widerfahren lassen, zu sagen, daß sie selbst es nicht anders loszuwerden wünschte als durch die Erlangung Dessen, was sie eben suchte, obschon sie fortwährend ganz besondere Sorge trug, ihre Unruhe vor ihrem Verlobten zu verbergen.

Sie machten Spatzierritte über den Moor und in der ganzen Umgegend umher, aber während oder wenigstens nach Beendung derselben verlangte Eleanor's innere Stimme alle Mal nach einem Schirmdach für ihr unbeschütztes Haupt.

Dieser Gedanke drängte sich ihr in jedem möglichen Zusammenhange auf, bis sie förmlich davon verfolgt ward.

Weder ihre heranrückende Vermählung, noch die Anstalten, welche dazu getroffen wurden, noch ihre unfreiwillige Unterwerfung unter Robert's Willen beschäftigten ihre Gedanken so sehr, wie die Frage: Wie sie dem Sturm Trotz bieten solle, welcher früher oder später über sie hereinbrechen mußte?

Selbst das schönste oder anmuthigste Schauspiel, oder der erfreulichste Zustand der Dinge schien eben durch die Macht des Contrastes diesem Gedanken nur um so mehr Energie zu verleihen.

Eleanor barg dies Alles in ihrem eigenen Herzen, und das Feuer brannte hier um so heftiger. Robert durfte keine Spur davon wahrnehmen, und was Dr. Cairnes betraf, so bekam Eleanor niemals wieder Gelegenheit, ungestört mit ihm zu sprechen. Es war stets Jemand in der Nähe, oder konnte in der Nähe sein.

Eben diese Anstrengung, ihre Gedanken zu verbergen, ward zuweilen widerwärtig und war der Grund, daß es Eleanor in dem Strudel ihrer Beschäftigungen und Zerstreuungen zuweilen vorkam, als müßte sie ersticken.

Unter diesen Umständen war es ihr eines Tages lieb, die Meldung zu erhalten, daß Robert den nächstfolgenden Tag vorübergehen lassen müsse, ohne mit ihr auszureiten oder sie zu sehen. Er hatte in einer einige Meilen entfernten Stadt Geschäfte zu besorgen, und Eleanor konnte daher den Tag ganz nach ihrem Gutdünken verwenden.

Um sich den vollen Besitz desselben zu sichern, ließ sie ihren Pony satteln und ritt nach dem Imbiß allein aus. Eher konnte sie sich nicht losmachen.

Sie nahm keinen Diener mit, sondern ritt allein fort nach dem Moor.

Es war ein köstlicher Herbsttag, mild, still und ruhig. Eleanor hatte bald die letzten Häuser hinter sich und ließ dann ihr Pferd nach eigenem Belieben gehen.

Die Gedanken, denen sie nachhing, waren sehr unzufriedene. Sie war unzufrieden mit der ganzen Welt, mit sich selbst allerdings am Meisten, aber ihre Mutter und Robert waren daran schuld.

Sie wollte nicht zu Weihnacht vermählt sein; es lag ihr nicht ein Mal Etwas daran, die Schweiz zu bereisen, wenn sie nicht zuvor erst ihre Einwilligung dazu gegeben. Sie wollte sich nicht leiten und lenken lassen wie ein Kind, und dennoch war sie sich bewußt, daß sie in Robert's Händen nicht viel besser war, als ein solches.

„Ich bin neugierig, was für ein Gebieter er sein wird, wenn er mich gänzlich in seiner Macht hat," dachte sie. „Ich habe schon keinerlei Freiheit mehr."

Dieser Gedanke demüthigte sie, und dennoch hatte sie Robert gern und glaubte, sie liebe ihn. Sie war noch jung und unerfahren, dabei war sie auch nicht unempfindlich für den Glanz, den ihre künftige Stellung ihr geben sollte.

Durch all' diese blendende Pracht hindurch erkannte aber Eleanor jetzt einen Mangel, den diese Pracht nicht ersetzen konnte. Was sollte sie beginnen, wenn diese irdischen Güter ihr untreu wurden? Es war ja keinerlei Vorkehrung getroffen, sie durch irgend etwas Anderes zu ersetzen.

Eleanor vergaß den Verlust ihrer Unabhängigkeit und hing diesen Gedanken nach, bis dieselben bitter und schmerzhaft wurden. Zuweilen wünschte sie, Mr. Rhys nicht gesehen zu haben, denn sie besann sich, daß dieser sie zuerst erweckt, oder aber sie wünschte, ihn wiederzusehen.

In der Stille, dem Frieden und der Freiheit des weichen Moorlandes hatte Eleanor sich furchtlos ihren Gedanken überlassen, ohne sich zu kümmern, wohin ihr Ritt ginge.

Das Pferd hatte, als es fand, daß die Wahl ihm anheimgegeben war, ganz natürlich einen Seitenweg eingeschlagen, der über einige wildromantische Hügel nach dem Orte führte, wo es geboren worden, und dessen Umgebung angenehme Erinnerung für ihn hatte.

Dies war aber nicht in Bezug auf Eleanor der Fall, und als sie aus ihrem Hinbrüten erwachte, fand sie, daß sie sich in einer sehr abgelegenen Gegend des Moors und in der Nähe eines der eben erwähnten Hügel befand.

Es war dies eine kahle, unwirthliche Gegend und sehr weit von Ivy Lodge. Eben so wußte Eleanor auch nicht, auf welchem Wege sie am Schnellsten wieder in eine ihr bekannte Umgebung zurückgelangen könnte. Den Weg, auf dem sie ein Mal war, weiter zu verfolgen und dann den ersten Seitenweg, der nach der rechten Richtung zu führen schien, einzuschlagen, schien ihr das Beste zu sein, und sie trieb ihren Pony zu einem energischen kleinen Galopp an.

Es war ein hoher Genuß für sie, so allein zu sein, zu reiten wie sie wollte, langsam oder schnell und zu denken, was sie Lust hatte, selbst verbotene Gedanken. So war sie wieder ein Mal ihre eigene Herrin. Sie frohlockte und zwar um so mehr, als sie eine Rebellin war.

Das wilde Moorland war herrlich, die Freiheit

war herrlich, nur war Eleanor ein Wenig weit von daheim, und der Nachmittag bald zu Ende. Sie trieb daher den Pony zu möglichster Eile an.

Am Fuße der Hügel, in deren Nähe der Weg sie führte, stand ein armseliges, kleines Haus. Es bedurfte nur eines Blickes darauf, um dem Beschauer die Ueberzeugung zu gewähren, daß die Leute, welche darin wohnten, ebenfalls armselig sein müßten, und zwar in mehr als Einer Beziehung.

Eleanor, welche beabsichtigt hatte, sich hier nach dem richtigen Wege zu erkundigen, besann sich, als sie näher kam, anders und beschloß, an dem Hause vorüber zu galoppiren.

Aber der Mensch kann ein Mal nicht jeden Entschluß ausführen. Die armseligen Kinder, welche in dem Hofe wohnten, hatten an diesem Tage zu ihrem Vergnügen mitten auf dem Wege ein Feuer angezündet. Die heiße Asche lag noch da, der Pony trat hinein, bäumte hoch auf und warf seine Reiterin ab, die ihn noch nie so Etwas thun gesehen und auch keinen Grund hatte, es von ihm zu erwarten.

Eleanor ward ein paar Schritt weit hinweggeschleudert und lag wie betäubt da.

Nach einigen Minuten raffte sie sich jedoch auf. Daß sie Nichts gebrochen hatte, fühlte sie. Das elende

Haus stand dicht in ihrer Nähe, und zwei Kinder und eine alte Frau sahen sie an.

Der Pony hat gemeint, es sei hier nicht recht geheuer, und deßhalb die Flucht ergriffen.

Eleanor raffte ihr Reitkleid zusammen und sah die sie angaffenden Leute ebenfalls an. Es waren seltsame Gesichter.

„Was ist Das hier für ein Ort?" fragte sie, ihren Muth zusammenraffend.

Die Antwort war vollkommen unverständlich. Alles, was Eleanor verstehen konnte, war die Frage:

„Haben Sie Schaden genommen?"

„Nein, ich glaube nicht," sagte sie athemlos, denn sie hatte den Schrecken des Sturzes noch nicht überwunden. „Wie weit bin ich hier von dem Dorfe Wiglands?"

Wieder waren die Worte, die man ihr entgegnete, ihr vollkommen unverständlich.

„Kinder," sagte sie, „will Eins von Euch mir den nächsten Weg dorthin zeigen? Sobald ich nach Hause komme, gebe ich Euch Etwas."

Die Kinder gafften erst Eleanor und dann einander an, Eleanor war ihnen aber verständlicher, als sie dieser. Die alte Frau sagte einige heisere Worte zu den Kindern, und dann trat Eins davon vor und sagte:

„Ich will mitgehen.“

„Ich werde ihn dafür belohnen,“ sagte Eleanor, der alten Großemutter zunickend, und machte sich auf, sehr froh, von hier fortzukommen.

Sie athmete auch nicht eher freier auf, als bis schon eine ziemliche Strecke zwischen ihr und der Hütte lag, von welcher aus die alte Frau und der andere Knabe ihr noch nachschauten.

Es konnten vielleicht andere und gefährlichere Mitglieder der Familie nach Hause kommen, und Eleanor schritt daher rüstig darauf los, bis sie die Hütte aus den Augen verloren und keine Verfolgung mehr zu fürchten hatte.

Nun aber schien sie zu fühlen, daß der Sturz sie doch ein Wenig erschüttert hatte, und da sie auch müde zu werden begann, so ging sie langsamer.

Es war aber ein langer, langer Weg. Das Moorland schien kein Ende zu nehmen, denn es war etwas ganz Anderes, auf einem flinken Roß darüber hinwegzugaloppiren, als es auf eigenen Füßen zu durchwandern. Eleanor war außerordentlich müde, und immer noch dehnte sich die braune Ebene nach allen Seiten hin, und das ferne Gebüsch, welches das Dorf Wiglands verkündete, stand fern und schien nach einem Marsche von mehreren Meilen immer noch nicht näher zu sein.

Ehe die Beiden es erreichten, vermochte Eleanor kaum noch ihre Füße zu schleppen. Sie konnte unmöglich weiter bis vollends zu ihrer Wohnung gehen, ohne erst Halt zu machen und auszuruhen.

Wie sollte sie aber ihren Führer belohnen und zurückschicken?

Während sie noch darüber nachdachte, sah sie eine Rauchwolke von einem allein hinter den Bäumen versteckten Hause aufsteigen. Das war Mutter Williams' Hütte.

In Eleanor's Herzen erwachte eine plötzliche Versuchung. Sie hatte Entschuldigungen genug. Sie wollte ein Mal etwas Verbotenes thun. Sie wollte hier hineingehen und ausruhen. Vielleicht bekam sie dadurch Gelegenheit, Mr. Rhys zu sehen und sprechen zu hören, vielleicht auch nicht. Bekam sie diese Gelegenheit, nun dann sollte es sie sehr freuen.

Sie hatte kein Geld bei sich, deßhalb machte sie schnell einen goldenen Bleistifthalter von ihrer Uhrkette los und drückte denselben ihren zerlumpten Führer in die Hand.

Nachdem sie diesen sich auf den Rückweg machen gesehen, schritt sie mit einem gewissen Grad verstohlener Freude nach der Vorderseite von Mutter Williams' Hütte, stieß die Thür leise auf und ging hinein.

Es war Niemand da; keine Katze; Alles war

still. Eine innere Thür stand angelehnt und dahinter hervor ließen sich leise angenehme Stimmen vernehmen.

Eleanor glaubte, Mutter Williams könne jeden Augenblick zum Vorschein kommen, und sank daher auf den ersten Stuhl nieder, der sich darbot, indem sie zugleich vor Müdigkeit und im Bewußtsein wiedergewonnener Sicherheit den Kopf in die Hände sinken ließ.

Der Stuhl stand in der Nähe des Feuers und der theilweise geöffneten innern Thür. Die Stimmen ließen sich ganz deutlich hindurch vernehmen, und eine Minute später wußte Eleanor, daß eine davon die Stimme ihrer kleinen Schwester Julie war, denn sie hörte eine von Juliens freudigen Aeußerungen.

Die andere Stimme gehörte Mr. Rhys. Von Mutter Williams war Nichts zu hören.

Eleanor blieb, den Kopf auf die Hände gestützt, ruhig sitzen und lauschte. Wie es schien, betrachtete Julie einen Gegenstand oder eine Sammlung von Gegenständen. Eleanor hörte das leise Geraschel von hin- und herbewegtem Papier. Dann hörte das Rascheln auf, und es ward gesprochen, Julie hatte sehr viel zu sagen.

Eleanor merkte, daß man eine Sammlung von Pflanzen ansah. Sie fühlte sich so müde, daß sie keine Neigung verspürte, auch nur einen einzigen Muskel zu bewegen. Geist und Körper saßen still um zu lauschen.

„Und was ist Das?“ hörte sie Julie sagen.

„Bergfarrnkraut.“

„Ach wie schön! Es sieht aus wie ein Federbusch.“

„Wenn Du es wachsen und dutzendweis aus Einer und derselben Wurzel entsprießen sähest, würdest Du es noch schöner finden. Wie schön glänzen diese braunen Ränder!“

„Sind Das die Thecae, Mr. Rhys?“

„Ja, diese ganze Familie hat die Frucht an diesen kleinen runden Stellen, jede mit ihrer besonderen Decke. Es ist dies ihr Kennzeichen.“

„Wie drollig, daß Pflanzen Familien haben,“ sagte Julie. „Ist Dies hier auch eine von der Familie, Mr. Rhys?“

„Ja wohl. Es ist eine Cystopteris.“

„Ein niedliches kleines Ding! Wo haben Sie es gefunden, Mr. Rhys?“

„Das weiß ich selbst nicht mehr. Diese Gattung wächst so ziemlich überall. Man findet sie auf Felsenboden und Mauern.“

„Ich finde sie nicht,“ sagte Julie. „Ich wollte aber, ich könnte es. Was ist denn Das hier?“

„Auch ein Exemplar von dieser Familie, obschon keine Cystopteris. Es ist das Stechpalmenfarrnkraut. Siehst Du, wie steif und stachlig es ist? Es ist nicht leicht zu bekommen. Ich fand es auf einem hohen Berge in Wales, glaube ich."

„Sind hohe Berge günstige Plätze?"

„Für die Bergfarrenkräuter. Das Exemplar, das Du jetzt in der Hand hast, ist wieder eine Lastraea und sehr zierlich. Es wächs't ebenfalls auf Bergen, aber auch auf vielen andern Stellen, und steht in zierlichen, fast eine Elle hohen Büscheln. Ich sah diese Gattung und andere in großer Menge auf einem wüsten Platze in Devonshire in der Nähe eines reißenden Flusses. Der Schaum des Wassers spritzte die Ufer entlang auf die Felsen und Steine, hielt die Pflanzen feucht und überschwemmte sie zuweilen, so daß ich dort eine Farrnkrauternte hielt, wie fast noch nirgends. Dort fand ich auch das Damenfarrnkraut. Wende das nächste Blatt um; Das ist es. Das ist das Damenfarrnkraut."

„Warum heißt es denn Damenfarrnkraut?" fragte Julie.

„Das weiß ich nicht. Wahrscheinlich weil es in seiner Structur so zart und zierlich ist. Man darf es nicht von der Wurzel abbrechen."

„Ich glaube aber, meine Schwester Eleanor ist so stark und kräftig, wie irgend Jemand," sagte Julie.

„Weißt Du nicht mehr, wie krank sie vorigen

Sommer war, blos weil sie nasse Füße bekommen?" bemerkte Mr. Rhys ernst.

„Was ist denn Das hier?" fragte Julie wieder, der wahrscheinlich dieses letztere Thema nicht recht behagte.

„Das ist ein kleines Farrnkraut, welches die Nässe liebt. Es wächst an Wasserfällen, und zwar an diesen so nahe, daß es von dem Schaum derselben benetzt wird. Zuweilen findet man in seiner Nachbarschaft auch seinen kleinen Stiefbruder, das Eichenfarrnkraut."

„Es muß amüsant sein, an den Wasserfällen hinaufzuklettern und diese Kräuter herunterzuholen," sagte Julie. „Wie heißen denn diese niedlichen Exemplare hier, Mr. Rhys?"

„Das sind Polypodien."

„Polypodien! — Aber was ist denn Das da? Das ist das schönste von allen."

„Ja, wenigstens eins von den schönsten. Ich fand es in einer Grotte am Meere. An solchen Orten wächst es vorzugsweise gern."

„In Wales?"

„In Wales habe ich es gefunden, aber auch anderwärts im südlichen England, obschon stets in der Nähe des Meeres an Stellen, wo ich auch noch eine Menge andere schöne Dinge gesehen habe."

„Am Meere, Mr. Rhys? Aber dort bin ich doch auch gewesen, und ich habe Nichts weiter gesehen, als die Wellen und den Sand und die Felsen.“

„Du wußtest nicht, wo Du suchen solltest.“

„Und wo suchten Sie denn?“

„Unter den Felsen und in denselben.“

„In den Felsen, Sir?“

„Ja, in den Ritzen, Höhlen und Grotten — in Grotten, die man nur in einem Boote oder zur Zeit der Ebbe erreichen kann. Dort sah ich schönere Dinge, als in einem Feenpalast, Julie.“

„Was für Dinge?“

„Thiere und Pflanzen.“

„Schöne Thiere?“

„Ja, sehr schöne Thiere.“

„Ich wollte, Sie nähmen mich ein Mal mit, Mr. Rhys. Ich würde mir Nichts daraus machen, wenn ich auch nasse Füße bekäme. Ich bin kein Damenfarrnkraut, wie Eleanor. O, Mr. Rhys, wird es Ihnen nicht schwer ankommen, England zu verlassen?“

„Da, wo ich hinkomme — wenn ich nämlich wieder gesund werde — giebt es auch eine Menge schöner Dinge, Julie.“

„Aber die Menschen sind dort so schlecht.“

„Eben deßhalb will ich hin.“

„Aber was können Sie diesen Menschen nützen?“

„Ich kann ihnen von Jesus Christus erzählen. Diese armen Menschen haben nie von ihm gehört, und deßhalb sind sie so schlimm.“

„Aber wer weiß, ob sie Ihnen glauben, Mr. Rhys?“

„Daß sie mir nicht glauben, ist allerdings leicht möglich, aber der Herr hat mir ein Mal befohlen, hinzugehen.“

„Wie so?“

Mr. Rhys antwortete in den schönen Worten des Apostels Paulus:

„Wie sollen sie an ihn glauben, von dem sie nicht gehört haben? und wie sollen sie hören, wenn ihnen nicht gepredigt wird?“

Er sagte es in einem Tone, als ob er mehr mit sich selbst spräche, als mit seiner kleinen Zuhörerin.

„Aber, Mr. Rhys,“ hob Julie wieder an, „es sind so furchtbar schlechte Menschen, daß sie im Stande wären, Sie todtzuschlagen und zu fressen.“

„Allerdings.“

„Und fürchten Sie sich nicht?“

„Nein.“

Es kann in dem Ton eines einzigen Wortes oft ein seltsamer, tief ergreifender Ausdruck liegen. So war es auch jetzt mit diesem Worte selbst für das Ohr Eleanor's im Nebenzimmer. Es klang rund, voll, stark und wie von einer freudigen Schwingung durchbebt. Es war nur ein Wort, eine Entgegnung auf die müßige Frage eines Kindes, aber es drang wie ein scharfer Pfeil bis in das innerste Mark des Herzens.

„Aber, Mr. Rhys, sind die Menschen da drüben, wo Sie hingehen wollen, nicht sehr schrecklich?“ hob Julie wieder an.

„Ja; schrecklicher vielleicht, als wir Beide uns es uns denken können.“

„Na, ich hoffe immer noch, daß Sie nicht hingehen werden — Mutter Williams bleibt aber recht lange. Es wird Zeit, den Kessel zu Ihrem Thee über's Feuer zu setzen.

Eleanor hatte kaum Zeit, sich über diese neue Entfaltung von Küchentalent von Seiten ihrer Schwester zu wundern, von der sie bis jetzt geglaubt, sie wisse kaum, was ein Kessel sei, als Julie auf ein Mal in das äußere Zimmer gesprungen kam, um sich nach dem genannten Gegenstand oder nach der alten Frau umzusehen.

Sie blieb stehen, und Eleanor richtete den Kopf in die Höhe. Juliens Freudenruf war ein herzlicher und aufrichtiger.

„Still! still!“ flüsterte Eleanor.

„Warum soll ich still sein? Es ist ja weiter

Niemand hier, als Mr. Rhys im andern Zimmer, und er sagte neulich, er wünschte sehr, Dich zu sprechen."

Zurück sprang sie in das Nebenzimmer.

„Mr. Rhys!" rief sie, „Mutter Williams ist nicht da, wohl aber meine Schwester Eleanor."

Eleanor hörte Mr. Rhys in ruhigem Ton antworten:

„Sage Deiner Schwester, daß sie, da ich nicht zu ihr hinauskommen kann, mir vielleicht die Gefälligkeit erzeigen wird, hereinzukommen."

Etwas Besseres ließ sich unter den obwaltenden Umständen nicht thun, und Eleanor fühlte, daß sie ohnehin hineingehen müsse, um sich zu erklären. Sie wartete daher blos noch auf Juliens munteren Ruf: „Eleanor, Mr. Rhys will Dich sprechen!" dann raffte sie ihr Reitkleid zusammen und schritt in das andere Zimmer mit einer Ruhe und Würde, als ob sie das beste Recht von der Welt hätte, hier zu sein. Dabei nahm sie zugleich eine etwas stolze Haltung an, denn es durchzuckte sie ein plötzlicher Gedanke an Robert.

Mr. Rhys lag auf demselben alten Sopha, worauf sie ihn schon früher gesehen, aber sie erschrak über die Blässe seines Gesichts, die durch seine sehr dunklen Augenbrauen und sein volles, dunkles Haar noch mehr hervorgehoben ward.

Er richtete sich, als sie eintrat, auf den Ellbogen

empor, und sie konnte nicht umhin, ihm die Hand zu geben.

„Ich sollte mich entschuldigen, daß ich nicht aufstehe, um Sie zu empfangen,“ sagte er, „aber Sie sehen, daß ich nicht kann.“

„Sie thun mir sehr leid, Mr. Rhys. Sie sind wohl noch weniger kräftig, als Sie vor einigen Wochen waren?“

„Es ist, als hätte ich jetzt gar keine Kräfte,“ antwortete er fast lachend. „Wollen Sie nicht Platz nehmen? Wie wäre es, Julie, wenn Du zum Willkommen für Deine Schwester das Feuer ein Wenig schürtest?“

„Das kann sie selbst thun,“ sagte Julie. „Ich will nach dem Feuer in dem andern Zimmer sehen.“

„Nein, Das wäre sehr ungastlich,“ bemerkte Mr. Rhys lächend, „und ich glaube nicht, daß Deine Schwester weiß, wie es gemacht wird, Julie. Sie hat nicht soviel Dinge gelernt, wie Du.“

Julie warf ihrem Freund einen liebevollen Blick zu und machte sich, ohne sich länger zu weigern, an das Feuer.

Eleanor saß wie von einem seltsamen Zauber befangen. Sie erkannte ihre Schwester in diesem Blick kaum wieder, und das reine, bleiche Gesicht, welches auf dem Sopha lag, schien mit seinen glänzenden Augen eine-Atmosphäre zu verbreiten, welche alle ihre Sinne gefangen nahm. Nur mit Mühe war sie im Stande, die beabsichtigte Erklärung ihres Hierseins zu geben.

Mr. Rhys hörte sie ruhig an.

„Ich freue mich sehr, daß Ihr Pferd Sie abgeworfen hat," sagte er, „weil mir dadurch das Vergnügen verschafft worden ist, Sie zu sehen."

„Robert wird Dich nie wieder allein reiten lassen, Das weiß ich bestimmt," rief Julie und lief, nachdem sie dies gesagt und das Feuer in Ordnung gebracht, in das andere Zimmer.

Ihre letzten Worte hatten eine tiefe Röthe auf die Wangen ihrer Schwester gerufen.

Mr. Rhys wartete, bis dieses Erröthen vollständig vorüber war, dann fragte er sehr ruhig und indem er die Frage ebenfalls mit hellen Augen stellte:

„Wie haben Sie sich befunden, seitdem ich Sie das letzte Mal sah?"

Die Augen waren hell, aber nicht nach Art gewöhnlicher Augen, sondern es strahlte aus ihnen eine Fülle von Licht und Intelligenz.

Eleanor wußte recht wohl, was dieser Blick zu bedeuten hatte. Sie schrak in sich selbst zusammen, ward ängstlich und zögerte. Dann jedoch machte sie eine muthige Anstrengung und gab die Frage zurück.

„Wie haben Sie sich denn befunden, Mr. Rhys?"

„Ich habe mich wohl befunden," sagte er. „Sie

wissen, es ist das Vorrecht der Kinder Gottes, sich ihrer Anfechtungen zu rühmen. Und dies thue ich."

„Sind Sie so sehr krank gewesen?" fragte Eleanor.

„Meine Krankheit verursacht mir keinen Schmerz," antwortete er; „sie macht mich blos unfähig, Etwas zu thun. 'Anfangs war mir das peinlicher als Sie denken können. Es war mir, als hätte mein Herr und Meister mich beiseite geworfen und gesagt: ‚Du sollst nicht mehr wirken, Du sollst hier liegen und meinen Namen den Menschen nicht mehr verkünden.' Dies war anfangs für mich sehr schmerzlich, und ich fühlte mich versucht, zu murren; jetzt aber weiß ich, daß Geduld Erfahrung bringt. Ich danke ihm für die Lehren, die er mir gegeben. Ich bin bereit, hinauszugehen und zu nützen, oder hier liegen zu bleiben und verhältnißmäßig nutzlos zu sein, wie mein Herr und Meister es will."

Die langsame, besonnene Sprache, welche gleichzeitig physische Schwäche und geistige Kraft verrieth, die absolute Ruhe des heitern Antlitzes rührte Eleanor tief. Sie dachte nicht mehr an ihren Sturz, an ihre Ermüdung, oder sonst Etwas, sondern nur an ihre Gemüthsqualen während der vergangenen Wochen, und an die Gegenwart und den Einfluß des einzigen Men=

schen, welcher, wie sie wußte, den Schlüssel dazu hatte.

„Da ich so wenig Gelegenheiten habe," fuhr er fort, so werden Sie nicht so überrascht sein, wenn ich jede, die sich mir darbietet, im Namen meines Meisters zu sprechen, mit Freuden begrüße. Ich weiß, daß er Sie, Miß Powle, zu seinem Dienste berufen — ist er noch Ihr Meister?"

Eleanor drehte ihren Stuhl herum, so daß ihr Gesicht ein Wenig abgewendet ward, und antwortete:

„Nein."

„Haben Sie seinen Ruf vernommen?" fragte Mr. Rhys wieder!

Eleanor fühlte ihr Herz erbeben, während sie überlegte, ob sie diese Frage beantworten sollte, oder nicht. Mit großer Mühe hielt sie sich äußerlich vollkommen ruhig und sagte in heiserem Tone und indem sie von Mr. Rhys hinweg in das Feuer blickte:

Woher wissen Sie Etwas davon?"

„Haben Sie seinen Geboten Folge geleistet?" sagte er, ohne auf ihre Worte zu achten.

„Ich weiß nicht, wie dieselben lauten," antwortete Eleanor.

„Haben Sie sich bemüht, sie zu erfahren?"

Eleanor zögerte und sagte dann:

„Nein."

Ihr Gesicht war jetzt vollständig von ihm abgewendet, der mild durchdringende Ton der nächsten Worte aber durchzitterte jeden Nerv ihres Herzens und Gehirns.

„Dann ist Ihr Haupt noch nicht bedeckt von jenem Helm des Heils und der Sicherheit, an welchem Ihnen vor nicht langer Zeit so viel zu liegen schien."

Dies war die Sprache eines Menschen, welcher ihr gerade in's Herz blickte und Alles kannte, was darin vorging. Was konnte es nützen, noch länger den Schein wahren zu wollen? Eleanor's Haupt senkte sich, der Muth entfiel ihr, und sie brach in Thränen aus.

Jetzt war die Gelegenheit da, dachte sie; das Eis war gebrochen; sie wollte Mr. Rhys nach Allem fragen, was sie zu wissen wünschte, denn er konnte es ihr sagen.

Ehe aber noch ein anderes Wort gesprochen werden konnte, kam Julie wieder herein gerannt.

„Ich habe das Feuer draußen auch in Ordnung gebracht," sagte sie, „und Sie sollen Ihren Thee sogleich haben, Mr. Rhys. Ich wünsche nur, daß Mutter Williams nun auch so lange bleibt, bis ich vollends fertig bin. Jetzt wird es noch eine Weile dauern. Komm' mittlerweile her, Eleanor, und sieh diese schönen Farrnkräuter an."

Eleanor saß wieder aufrecht da. Sie hatte die Thränen niedergekämpft. Sie hoffte auf eine nochmalige Gelegenheit zum Sprechen, wenn Julie wieder hinausginge, um den Thee fertig zu machen. Mittlerweile rückte sie ihren Stuhl, um, wie ihre Schwester begehrte, die Farrnkräuter anzusehen.

Auf diese Weise kam sie in die Nähe des Lagers, wo Julie auf einer niedrigen Bank saß, um die auf der Diele vor ihr liegenden großen Bogen Papier umzuwenden. Eleanor's Gesicht ward dadurch vollständig sichtbar, und sie wußte dies auch, aber sie kümmerte sich jetzt weiter nicht mehr darum.

Julie fuhr mit demselben Entzücken wie früher fort, die Farrnkräuterexemplare zu beaugenscheinigen und sich nähere Erklärung darüber auszubitten, und in Mr. Rhys' Antworten lag ein ernst zerstreuter Ton, welcher Eleanor's Ohr seltsam berührte und ihre Gedanken auf dem Punkte festhielt, wo sie schon vorher geweilt hatten.

„Giebt es dort, wo Sie hinreisen wollen, wenn Sie wieder gesund werden, auch Farrnkräuter, Mr. Rhys? vielleicht ganz neue?"

„Ich zweifle nicht daran."

„Dann werden Sie dieselben auch sammeln und trocknen, nicht wahr?"

„Ich halte es für sehr möglich, daß ich dies thue."

„Ach dennoch wollte ich, Sie gingen nicht hin. Erzählen Sie doch Eleanor von jenem Lande. Sie weiß noch Nichts davon. Erzählen Sie ihr, was Sie mir erzählten.“

Er that es, vielleicht um die Zeit auszufüllen und Eleanor's Aufmerksamkeit für den Augenblick von ihr selbst abzulenken. Er entwarf eine kurze Schilderung von den in dem fraglichen Lande wohnenden Menschen, einem Volk, dessen physische und selbst geistige Entwickelung eine für Wilde bedeutende genannt werden mußte. Das Land war reich an Naturschönheiten und natürlichen Hülfsquellen, aber zugleich in die furchtbarste tiefe moralische Erniedrigung versunken. Es war ein Land, wo „die Werke des Teufels“ in vollster Blüthe standen, wo die Menschen nur um niedriger Zwecke willen lebten und einander mit der größten Ruchlosigkeit umbrachten, ja, wo sie das menschliche Leben dadurch schändeten, daß sie die Hüllen, in welchen das menschliche Leben wohnt, mißbrauchten und sogar verzehrten.

Es war ein entsetzliches Gemälde, welches Mr. Rhys entwarf, so entsetzlich, das es Eleanor's Aufmerksamkeit für den Augenblick von allem Anderen ablenkte.

„Ist denn aber das Leben anderer Menschen dort

sicher?“ fragte sie. „Fühlen die weißen Menschen die dorthin gehen, sich sicher?“

„Ich glaube es nicht.“

„Aber warum gehen sie denn in ein so entsetzliches Land?“

„Warum sollen sie nicht?“ fragte Mr. Rhys. „Je finsterer die Nacht ist, in welcher jene Menschen wandeln, desto mehr brauchen sie Licht.“

„Aber dann wird ja dasselbe Leben, welches man für sie nützlich zu machen wünscht, der Gefahr preisgegeben!“

Mr. Rhys schwieg einen Augenblick, und als er sprach, geschah es blos, um eine Bemerkung über das Farrnkraut zu machen, welches vor Julie auf den Boden ausgebreitet lag.

„Das ist Hirschzunge,“ sagte er; „ich pflückte es in einer Grotte an der Meeresküste, wo es in großen Massen von der Decke herabhängend wuchs.“

„In einer dunkeln Grotte, Mr. Rhys?“ fragte Julie.

„Nein, nicht in einem dunkeln Theile der Grotte; es wuchs blos da, wo was Licht hin konnte. Miß Powle, ich denke wie David: ‚Auf Gott steht meine Zuversicht, und ich fürchte nicht, was das Fleisch mir anthun kann.‘“

Er blickte, indem er dies sagte, zu Eleanor empor.

Das fast unbemerkbare Lächeln und sein Blick waren, bei Eleanor's Gemüthsstimmung, wie eine feurige Kohle in ihrem Herzen. Es brannte. Sie sagte Nichts, saß still da und betrachtete das auf dem Fußboden liegende Farrnkraut.

„Aber wird Ihnen nicht bange sein, Mr. Rhys?" fragte Julie.

„Nein, Julie. Es wird mir vor Nichts bange sein. Du vergissest, wer bei mir sein wird."

In diesem Augenblick sprang Julie auf und rannte fort, um nach ihrem Feuer und ihrem Kessel in dem andern Zimmer zu sehen. Eleanor und Mr. Rhys blieben sonach allein. Letzterer verhielt sich schweigend.

Eleanor sehnte sich, mehr zu hören, und machte eine große Anstrengung.

„Ich verstehe Sie nicht," sagte sie in gepreßtem Tone, denn die Aufregung ihrer Gefühle machte es ihr unmöglich, mit klarer Stimme zu sprechen. „Sie sagen, der Herr werde bei Ihnen sein. Wie meinen Sie Das? Wir können ihn ja nicht sehen. Wie wird er bei Ihnen sein?"

Sie hatte die Augen emporgerichtet und sah ein seltsam mildes Licht auf dem Antlitz leuchten, welches sie betrachtete.

Es war ein unerklärliches Licht, aber dennoch sah sie es; ein Abglanz des geistigen Feuers im Innern eines Feuers, welches Eleanor erkannte, obschon sie es nie zuvor gesehen. Feuer und Wasser verhüllten diese hellen Augen gleichzeitig, und Eleonore errieth, daß der letztere Beweis von Aufregung ihr, der unwissenden Fragerin, galt. Der Muth entsank ihr wieder.

Durch einen solchen Blick der Offenbarung zeigte das Licht des innern Geistes dem andern seine Finsterniß.

Dieser Finsterniß war Eleanor sich schon vorher unklar bewußt gewesen, nun aber wußte sie ganz bestimmt, wo sie stand und wo er stand und was ihr Leben bedurfte, bis sie auch da stehen konnte.

Ihr Gesicht verrieth nur wenig von dem Kampf, der in ihrem Innern vorging, aber ohne Zweifel war er für Mr. Rhys eben so deutlich zu lesen, wie der seinige für sie gewesen. Sie konnte jetzt nur die Worte seiner Entgegnung hören und erst später darüber nachdenken.

„Ich kann ihn Ihnen nicht zeigen,“ sagte er, „aber wenn Sie ihn suchen so wird er sich Ihnen selbst offenbaren.“

Es war keine Gelegenheit zu längerem Gedankenaustausch, denn Julie kam wieder herein und schäfterte dann hinein und heraus und machte ihren Thee fertig.

Eleanor konnte den Blicken und wahrscheinlichen Worten ihrer kleinen Schwester nicht begegnen, deßhalb drehte sie sich schnell von den Farrnkräutern hinweg und setzte sich an das Fenster so, daß sie Allen den Rücken zudrehte. In ihrem Herzen rief eine laute, angstvolle Stimme:

„Was soll ich thun? was soll ich thun?“ Eins mußte sie haben, oder elend sein; wie aber sollte sie es sich zu eigen machen?

Sobald als sie ihr Antlitz von diesem Zimmer und was darin war, hinwegwendete, mußte sie dem vollen Andringen widerwärtiger, ungünstiger, feindseliger, überwältigender Luftströmungen entgegengehen. Ihr Licht war nicht stark genug, um diesen Sturm auszuhalten, dies wußte Eleanor. Ganz gewiß ward es sofort ausgeblasen, und dann stand sie im Finstern. In diesem verzweiflungsvollen Bewußtsein und mit dem verzweiflungsvollen Entschluß, dieses Uebel zu überwinden, saß sie an dem Fenster, ohne Etwas zu sehen.

Sie ward endlich aus ihrem Hinbrüten dadurch aufgerüttelt, daß Julie rief:

„Eleanor, Mr. Rhys wünscht, daß Du eine Tasse Thee trinkst.“

Eleanor drehte sich mechanisch herum, nahm die Tasse und vertauschte ihren Platz mit einem nahe am Feuer.

Niemals vergaß sie diese Scene. Juliens An=

theil daran verlieh derselben in Eleanor's Augen einen seltsamen Anstrich eben so wie ihr eigener Antheil.

Julie bewegte sich hin und her, wie wenn sie hier zu Hause wäre, bereitete Tassen Thee für Jedermann, sich selbst mit eingeschlossen, und bediente Mr. Rhys mit einer liebreichen Sorgfalt und Aufmerksamkeit, welche augenscheinlich die liebevollste Erwiderung fand.

Das kleine Zimmer mit so schlichten Geräthschaften — die kleinen ordinären blauen Tassen, in welchen der Thee aufgetragen ward — das Feuer in dem Kamin auf den plumpen eisernen Feuerböcken, die auf dem Sopha liegende blasse Gestalt und ihr eigenes Reitkleid in der Mitte des Zimmers — alles Dies prägte sich Eleanor's Erinnerung unauslöschlich ein.

Der Thee äußerte eine sehr erfrischende Wirkung auf sie.

„Wie wollen Sie denn nach Hause kommen Miß Powle?" fragte Mr. Rhys. „Haben Sie nach einem Wagen geschickt?"

„Nein — ich sah Niemanden, den ich hätte danach schicken können. Uebrigens kann ich nun auch wieder recht wohl zu Fuße gehen," sagte Eleanor.

Und überzeugt, daß es die höchste Zeit sei, setzte sie ihre Theetasse nieder und näherte sich Mr. Rhys, um ihm Lebewohl zu wünschen. Sie reichte ihm wieder die Hand, aber sie fand keine Worte, um zu sprechen

„Leben Sie wohl," sagte er. „Es thut mir leid, daß ich nicht wohl genug bin, um Sie zu besuchen, sonst würde ich mir diese Freiheit nehmen."

„Und somit werde ich ihn also nicht wiedersehen," dachte Eleanor, indem sie das Haus verließ. „Und Niemand wird jemals mit mir über Das sprechen, was ich zu hören wünsche. Was soll aus mir werden? Welche Gelegenheit wird sich mir wohl wieder darbieten, mich mit diesen Dingen zu beschäftigen? Würde Robert sich wohl jemals dazu verstehen, mit mir darüber zu sprechen? Was soll aus mir werden?"

Eleanor ging so in Gedanken versunken rasch, bis sie das Dorf hinter sich hatte. Da sie allein war, so gewann das Nachdenken über die Eile sehr bald die Oberhand, und sie warf sich unter einen Baum nieder, um ihre Gedanken womöglich ein Wenig zu ordnen und zu sammeln, ehe andere Interessen und Zerstreuungen sich ihr aufdrängten.

So saß sie eine lange Weile, das Gesicht in die Händen begraben.

Zu einem Schluß wenigstens kamen ihre Gedanken, nämlich daß es Etwas gäbe, was nothwendiger sei, als alles Andere, und daß sie dieses Eine in ihren Gedanken stets als das Erste betrachten und alle ihre Einrichtungen demgemäß treffen wolle.

Eleanor war jung und unerfahren, aber ihr Gemüth besaß eine leidliche Energie, wenn es ein Mål zur Thätigkeit aufgerüttelt war, und ihr Entschluß war nie ein bedeutungloser.

Sie erhob sich nun, schaute nach der Sonne, um

zu sehen, wie tief dieselbe stehe, drehte sich dann um und wollte ihren Marsch kräftig weiter fortsetzen, als sie auf ein Mal — Robert neben sich erblickte.

Er war eben so sehr überrascht, als sie.

„Wie, Eleanor! Was machst Du hier?"

„Ich bemühe mich, nach Hause zu gelangen. Mein Pony hat mich abgeworfen."

„Abgeworfen! Wo denn?"

„Draußen auf dem Moor, ich weiß selbst nicht wo. Ich war noch nie dort gewesen. Ich habe keinen Schaden genommen."

„Aber wie kommst Du dann hierher?"

„Ich bin bis hierher zu Fuße gegangen."

„Und wo sind Deine Diener?"

„Du vergissest, daß ich Eleanor Powle bin und daß ich kein Gefolge hinter mir zu haben pflege."

Robert nöthigte sie, ihm einen ausführlichen Bericht über den ganzen Vorfall zu erstatten.

„Du darfst nicht wieder so allein ausreiten," sagte er dann in entschiedenem Tone. „Setz' Dich wieder."

„Aber sieh doch, wie tief schon die Sonne steht. Ich will nach Hause gehen," sagte Eleanor.

„Setz' Dich! Ich werde einen Wagen holen lassen."

Eleanor protestirte vergebens. Robert schickte seinen Groom nach Ivy Lodge voraus um, einen Wagen herbeizuholen.

Eleanor war stehen geblieben.

„Ich bedarf des Ausruhens nicht," sagte, hart=

näckig. „Ich bin recht wohl im Stande und auch bereit, zu Fuße nach Hause zu gehen. Ausgeruht habe ich schon.“

„Wie lange denn?“

„Eine lange Weile. Ich ging in Mutter Williams' Haus hinein und ruhte dort aus. Ich möchte nun lieber meinen Weg fortsetzen.“

Er legte ihre Hand auf seinen Arm und bewegte sich mit ihr den Heimweg entlang, aber nur im allerlangsamsten Schritte.

„Nicht wahr, einen solchen Ausflug wirst Du nicht wieder machen?“ sagte er, und die Worte waren mehr ein Ausdruck seines eigenen Willens, als eine Frage in Bezug auf den ihrigen.

„Aber ich wüßte nicht, aus welchem Grunde ich dies nicht sollte,“ antwortete Eleanor.

„Ich sehe es nicht gern, wenn Du so ohne Schutz über Haide und Moor wanderst und in den Hütten gemeiner Leute Schutz suchst.“

„Ich kann mich selbst schützen, ich weiß, was man mir schuldig ist.“

„Du darfst aber auch nicht vergessen, was man mir schuldig ist,“ sagte er lachend und verschloß ihr, als sie antworten wollte, die Lippen durch einen Kuß.

Eleanor wandelte, zum Schweigen gebracht und für den Augenblick eingeschüchtert, entlang. In ihrem Herzen lebte der Wunsch, Robert in gewissem Grade wissen zu lassen, welche Richtung ihr Geist nahm, ihn einen Wink über Das zu geben, was er von ihr zu er=

warten hätte, wenn sie sein Weib würde; aber sie wußte nicht, wie sie es anfangen sollte.

Robert stand der ganzen Welt religiöser Interessen und Angelegenheiten so fern, daß ihn damit bekannt machen so viel bedeutet hätte, als entgegengesetzte Pole zusammenbringen wollen. Sie ging daher sehr schweigsam und zweifelnd neben ihm her.

Er glaubte, sie sei müde, setzte sie daher, als der Wagen kam, mit liebevoller Behutsamkeit und Sorgfalt in denselben und bat, als er am Abend sich von ihr trennte, sie dringend, sich zeitig schlafen zu legen.

Eleanor war aber durchaus nicht aufgelegt, dies zu thun. Die körperliche Anstrengung des Tages hatte wenig Spuren zurückgelassen, oder doch wenigstens keine solchen, welche weiter von ihr beachtet worden wären. Die geistige Wanderung war in ihren Wirkungen weit nachhaltiger.

Der junge Mond schien, und Eleanor saß an ihrem Fenster und schaute hinaus in die schattige Undeutlichkeit der äußern Welt, während sie die Verwirrung ihres Gemüthes in eine sichtbare Ordnung und Bestimmtheit aufzulösen suchte.

Zwei Punkte waren klar und schienen, je länger sie darüber nachdachte, immer deutlicher hervorzutreten — ihr dringendes Bedürfniß Dessen, was sie nicht hatte, nämlich des Glaubens und der Erlösung durch die Religion, und der feindselige Einfluß und Widerstand Robert's bei allen Anstrengungen, die sie vielleicht machte, um dieses höchste Gut zu erringen.

Und hinter diesen Gedanken lauerte gleich einer

Schlange der Gedanke und Wunsch, ihre Vermählung noch hinauszuschieben.

In gewisser Beziehung war dieser Gedanke nichts Neues, denn Eleanor war von jeher nicht Willens gewesen, daß ihre Vermählung auf einen so frühzeitigen Tag festgesetzt werde, nichtsdestoweniger aber hatte sie sich darein gefügt, sich damit einverstanden erklärt und an diesen Gedanken gewöhnt. Jetzt aber erwachte ihr Widerwille von Neuem und mit frischer Energie. Sie konnte sich kaum selbst verstehen. Ihre Gedanken waren ein Wirrwarr. Sie drehten sich um einige der Erfahrungen dieses Tages und verweilten dabei, obschon Eleanor sonst durchaus keine Träumerin zu sein pflegte.

Ueber einen Punkt kam sie in's Reine, nämlich den, Robert wissen zu lassen, daß er nicht im Begriff stehe, ein flottes, den Zerstreuungen des Weltlebens huldigendes Weib in ihr zu finden, sondern eine Frau, deren Gedanken auf etwas Anderes und auf eine andere Lebensweise gerichtet wären.

Ganz gewiß war ihm dies sehr unangenehm, aber er mußte es erfahren. Die Art und Weise der Mittheilung stellte Eleanor dem Zufall und den Umständen anheim, aber jedenfalls ging sie mit diesem festen Entschluß zu Bette.

CPSIA information can be obtained
at www.ICGtesting.com
Printed in the USA
LVHW101349160422
716387LV00003B/250

9 783752 596939